Die Madonna in der Kunst

Estelle M. Hurll

Writat

Diese Ausgabe erschien im Jahr 2023

ISBN: 9789358812008

Herausgegeben von
Writat
E-Mail: info@writat.com

Inhalt

VORWORT.

Dieses kleine Buch ist als Begleitband zu „Child-Life in Art" gedacht und ist eine Studie über die Madonna-Kunst als Offenbarung der Mutterschaft. Mit den historischen und legendären Ereignissen im Leben der Jungfrau hat es nichts zu tun. Diese Themen wurden umfassend und abschließend in Mrs. Jamesons großartigem Werk über die „Legenden der Madonna" erörtert. Aus der großen Masse der Madonnenmotive werden hier nur die idealisierten und andächtigen Bilder der Mutter und des Kindes ausgewählt. Die Methoden zur Klassifizierung solcher Werke werden in der Einleitung erläutert.

Es wurde große Sorgfalt darauf verwendet, als Illustrationen nicht nur die allgemein beliebten Bilder auszuwählen, sondern auch andere, die weniger bekannt und nicht leicht zugänglich sind.

Der Einband wurde von Miss Isabelle A. Sinclair in den verschiedenen Farben entworfen, die zur Jungfrau Maria passen. Die Lilie ist die Blume der Jungfrau, *die Fleur de Marie* , das höchste Symbol ihrer Reinheit. Der Goldrand, der die Tafel umgibt, ist der Verzierung des Mantels von Botticellis Dresdner Madonna nachempfunden.

ESTELLE M. HURLL.

New Bedford, Mass., Mai 1897.

EINFÜHRUNG.

Es ist nun etwa fünfzehn Jahrhunderte her, dass die Madonna mit ihrem Kind zum ersten Mal in die Kunst eingeführt wurde, und man kann mit Sicherheit sagen, dass sich das Thema in all dieser Zeit einer unübertroffenen Popularität erfreute. Es bedarf keiner sehr tiefgreifenden Philosophie, um den Grund dafür herauszufinden. Die Madonna ist der universelle Typus der Mutterschaft, ein Thema, das seiner Natur nach alle Schichten und Schichten von Menschen anspricht. Niemand ist zu unwissend, um es zu verstehen, und niemand ist zu weise, um seinem Charme überlegen zu sein. Das kleine Kind weiß es ebenso zu schätzen wie der alte Mann, und beide werden gleichermaßen von einer unwiderstehlichen Anziehungskraft angezogen. So hat der Künstler Jahrhundert für Jahrhundert seine ganze Seele in dieses allgegenwärtige Thema der Mutterliebe geschüttet, bis wir eine Anhäufung von Madonnenbildern haben, die so groß ist, dass niemand mehr wagen würde, ihre Zahl zu schätzen. Es scheint, dass alle erdenklichen Arten längst erschöpft waren; aber das Ende ist noch nicht. Solange wir Mütter haben, wird die Kunst weiterhin Madonnen hervorbringen .

Bei so viel verfügbarem Material wäre der Student der Madonnenkunst zunächst entmutigt, wenn es nicht möglich wäre, sich dem Thema systematisch zu nähern. Sogar die große Anzahl von Madonnenbildern wird überschaubar, wenn man sie mit einer Klassifizierungsmethode untersucht. Mehrere Pläne sind möglich. Der Geschichtsstudent lässt sich bei seiner Gruppierung natürlich von den Zeiträumen leiten, in denen die Bilder entstanden sind; der Kritiker, von den Fachschulen, die sie vertreten. Neben diesen eher wissenschaftlichen Methoden gibt es andere, die auf einfacheren und offensichtlicheren Trennlinien basieren. Dies sind die beiden Vorschläge auf den folgenden Seiten, die Teil I bzw. Teil II bilden. unseres kleinen Bandes.

Die erste basiert auf dem Kompositionsstil, in dem das Bild gemalt ist; der zweite über das Thema, das darin behandelt wird. Der erste untersucht die mechanische Anordnung der Figuren; Die zweite Frage lautet: Was ist die wirkliche Beziehung zwischen ihnen? Der erste befasst sich mit äußeren Merkmalen; der zweite mit der inneren Bedeutung.

Als Erstes fragen wir: Was sind die allgemeinen Behandlungsstile, in denen Madonnenbilder wiedergegeben wurden? Die Antwort nennt die folgenden fünf Klassen:

1. Das Madonna-Porträt, die Figuren in Halbfigur vor unbestimmtem Hintergrund.

2. Die thronende Madonna, bei der es sich um eine Art Thron oder Podest handelt.

3. Die Madonna im Himmel oder die „Madonna in Gloria", bei der die Figuren in den Himmel gesetzt sind, dargestellt durch eine Herrlichkeit des Lichts, durch Wolken, durch eine Schar von Putten oder durch einfache Erhebung über der Erdoberfläche.

4. Die Pastoralmadonna mit Landschaftshintergrund.

5. Die Madonna in einer häuslichen Umgebung, wobei der Schauplatz ein Innenraum ist.

Die vorstehenden Themen sind, soweit möglich, in der Reihenfolge der historischen Entwicklung angeordnet. Die erste und die letzte der aufgezählten Klassen sind im Vergleich zu den anderen so klein, dass sie in der Gesamtzahl der Madonnenbilder eher unbedeutend sind. Doch aller Wahrscheinlichkeit nach wird die zukünftige Kunst das Thema am ehesten in dieser Richtung weiterentwickeln, indem sie sich wegen ihrer universellen Anpassungsfähigkeit für das Porträt der Madonna entscheidet und die Madonna in ihrem Zuhause darstellt, um das Neue historisch zu verwirklichen Szenen aus dem Testament. Von den verbleibenden drei ist die thronende Madonna aufgrund der langen Zeitspanne, über die sie dargestellt wurde, historisch gesehen zweifellos die größte Klasse. Die Hirten- und Enskied- Madonna erfreuten sich in der ersten Phase ihrer Vollendung großer Beliebtheit.

Unsere nächste Frage befasst sich mit den Aspekten der Mutterschaft, die in Madonnenbildern zum Ausdruck kommen: In welcher Beziehung zu ihrem Kind wurde die Madonna dargestellt? Die Antwort umfasst die folgenden drei Themen:

1. Die Madonna der Liebe (Mater Amabilis), in der die Beziehung rein mütterlicher Natur ist. Der Schwerpunkt liegt auf der natürlichen Zuneigung einer Mutter zu ihrem Kind.

2. Die anbetende Madonna (Madre Pia), in der die Haltung der Mutter von Demut geprägt ist und ihr Kind voller Ehrfurcht betrachtet.

3. Die Madonna als Zeugin, in der die Mutter in erster Linie die Trägerin Christi ist und die Ehre ihrer stolzen Stellung als Zeugin des großen Schicksals ihres Sohnes trägt.

Diese Themen werden in der Reihenfolge ihres philosophischen Höhepunkts erwähnt, und je mehr wir vom ersten zum zweiten und vom zweiten zum dritten gehen, desto tiefer dringen wir in die Erfahrung der Mutterschaft vor. Gleichzeitig nimmt die Würde der Madonna und ihre Bedeutung als Individuum zu. In der Mater Amabilis ist sie ihrem Kind untergeordnet, sozusagen in ihm aufgegangen; Seine kindlichen Reize übertreffen oft ihre eigene Schönheit. Wenn sie sich der Verantwortung ihrer hohen Berufung stellt, ist sie vorerst gleichermaßen interessant und wichtig. Ästhetisch ist sie nun noch attraktiver als ihr Kind, dessen Ernsthaftigkeit in solchen Bildern seiner Kindlichkeit etwas nimmt. Chronologisch gesehen liest sich unsere Liste rückwärts, da der religiöse Aspekt der Mutterschaft Mariens in der Kunst zuerst behandelt wurde, während die naturalistische Konzeption an letzter Stelle stand. Die Mater Amabilis gilt als Ausdruck nationaler Besonderheiten und ist die in den nördlichen Ländern beliebteste Madonna, während die beiden anderen Motive speziell zur Kunst des Südens gehören.

Es wird ersichtlich sein, dass eine beliebige Anzahl von Madonnenbildern, nachdem sie in den fünf in Teil I genannten Gruppen angeordnet wurden, in den drei Klassen von Teil II gesammelt und neu verteilt werden können. Um dies zu verdeutlichen, werden die in der ersten Klassifizierungsmethode erwähnten Bilder häufig ein zweites Mal aus einer völlig anderen Perspektive betrachtet. Da die Spaltungslinien in beiden Fällen so unterschiedlich sind, sind beide Untersuchungsmethoden für das vollständige Verständnis eines Bildes notwendig. Mit dem ersten lernen wir einen passenden Beschreibungsbegriff kennen, mit dem wir ganz nebenbei eine Madonna bezeichnen können; Im zweiten Schritt erkennen wir seine höchste Bedeutung als Kunstwerk und werden in ein neues Geheimnis der Mutterliebe eingeweiht.

Teil I.
MADONNEN NACH KOMPOSITIONSSTIL KLASSIFIZIERT.

KAPITEL I.

DAS PORTRÄT MADONNA.

Die ersten uns bekannten Madonnenbilder sind im Porträtstil gehalten und byzantinischen oder griechischen Ursprungs. Sie wurden aus Konstantinopel (dem antiken Byzanz), der Hauptstadt des Oströmischen Reiches, wo sich aus der Schule des antiken Griechenlands eine neue Schule christlicher Kunst entwickelt hatte, nach Rom und in das Weströmische Reich gebracht. Justinians Eroberung Italiens säte die neue Saat der Kunst auf einem fruchtbaren Feld, wo sie bald Wurzeln schlug und sich rasch vermehrte. Allerdings kam es über einen langen Zeitraum kaum oder gar nicht zu einer Verbesserung des Typs; es blieb bis zum 13. Jahrhundert praktisch unverändert. Während also in fast jeder alten Kirche Italiens eine byzantinische Madonna zu finden ist, bedeutet, eine einzige zu sehen, alles zu sehen. Es handelt sich um Halbfiguren vor einem Hintergrund aus Blattgold, zunächst massiv aufgelegt, etwas später mit Putten besetzt. Die Jungfrau hat ein dürftiges, asketisches Gesicht, große, schlecht geformte Augen und einen fast verdrießlichen Gesichtsausdruck; Ihr Kopf ist in einen schweren, dunkelblauen Schleier gehüllt, der in steifen Falten herabfällt.

So unattraktiv solche Bilder für uns aus künstlerischer Sicht auch sind, so flößen sie uns doch Respekt, wenn nicht gar Ehrfurcht ein. Einstmals Objekte gemischter Hingabe und Bewunderung, werden sie von vielen, die sie nicht mehr bewundern können, immer noch mit Ehrfurcht betrachtet. Da ihr wahrer Ursprung im Dunkeln liegt, sind unzählige Legenden entstanden, die sie wundersamen Kräften zuschreiben und ihnen auch die Macht verleihen, Wunder zu wirken. Es gibt eine frühe und weit verbreitete Tradition, die mit der Madonna aus dem Osten importiert wurde und den heiligen Lukas zu einem Maler macht. Es wird gesagt, dass er viele Porträts der Jungfrau gemalt hat, und natürlich behaupten alle Kirchen, die alte byzantinische Bilder besitzen, dass es sich um echte Werke aus der Hand des Evangelisten handelt. Es gibt eine in der Ara Coeli in Rom und eine weitere in S. Maria in Cosmedino , von der wunderbare Geschichten erzählt werden, neben anderen von großer Heiligkeit in St. Markus, Venedig und in Padua.

Es wäre nicht interessant, sich im Detail mit diesen seltsamen alten Bildern zu befassen. Wir täten besser daran, unser erstes Beispiel aus der Kunst zu nehmen, die, obwohl sie auf byzantinischen Vorbildern basierte, begonnen hatte, etwas über die Natur zu lernen. Ein solches Bild finden wir in der Akademie von Venedig von Jacopo Bellini, gemalt zu Beginn des 15. Jahrhunderts, etwas später, als jedes entsprechende Bild anderswo in Italien hätte gefunden werden können, da Venedig chronologisch hinter den anderen Kunstschulen lag. Der Hintergrund ist eine Pracht aus

Cherubköpfen mit goldenen Schraffuren. Sowohl Mutter als auch Kind tragen schwere, mit Gold verzierte Nimbi. Diese Punkte erinnern an byzantinische Arbeit; Aber das sanftere Gesicht der Jungfrau und der anmutige Fall ihres Gewandes zeigen, dass wir uns in einer anderen Welt der Kunst befinden. Das Kind trägt nach der primitiven Methode eine kleine Tunika.

Jacopo Bellini. – Madonna mit Kind.

Mit Beginn der italienischen Renaissance geriet der alte Stil des Madonna-Porträts aus der Mode. Aus den wachsenden Ressourcen der Technik wurden detailliertere Hintergründe eingeführt. Im 15. und 16. Jahrhundert waren Bilder im Porträtstil vergleichsweise selten. Raffael war jedoch nicht davor zurück, diese Methode zu übernehmen, wie sich jeder Liebhaber der Granduca- Madonna erinnern wird. Auch sein Freund Bartolommeo wählte diesen Kompositionsstil für einige seiner schönsten Werke.

Die Geschichte der Freundschaft zwischen diesen beiden Männern ist sehr interessant. Zum Zeitpunkt von Raffaels erstem Auftritt in Florenz (1504) war Bartolommeo bereits seit vier Jahren Mönch und hatte offenbar für immer den Pinsel abgelegt, den er zuvor so vielversprechend gehandhabt hatte. Der junge Fremde suchte den Frate in seiner Zelle in San Marco auf und fand bald den Weg zu seinem Herzen. Angeregt durch diese neue Freundschaft erwachte Bartolommeo aus seiner Lethargie und nahm mit zunehmendem Erfolg die Ausübung der Kunst wieder auf. Es ist angenehm zu verfolgen, welchen Einfluss die beiden Künstler aufeinander ausübten. Der ältere Mann hatte Erfahrung und Wissen; der Jüngere hatte Enthusiasmus und Genie. Nun kam es vor , dass Bartolommeo von Natur aus eine besondere Begabung für die Gestaltung großer Kompositionen mit vielen Figuren und stattlichen architektonischen Hintergründen hatte. Durch diese ist er heute hauptsächlich bekannt. Umso interessanter ist es, dass Raffael, als ihn Raffaels süße Einfachheit zum ersten Mal berührte, sich vorerst von diesen aufwändigen Plänen abwandte und sich der Darstellung der Madonna auf die einfachste Art und Weise widmete, das Halbfigurbild. Mehrere davon malte er auf die Wände seines eigenen Klosters und verherrlichte diesen düsteren Ort des Gebets und Fastens mit Visionen strahlender und glücklicher Mutterschaft. Eines davon ist noch immer in der Zelle zu sehen, die manchmal auch Capella Giovanato genannt wird . Es erinnert sofort an die Tempi-Madonna von Raffael, sowohl in der Haltung der Figur als auch in der Echtheit der zum Ausdruck gebrachten Gefühle. Feuchtigkeit und Verfall haben vergeblich dagegen gekämpft, und der moderne Besucher verweilt mit stiller Bewunderung vor der Mutter und dem Baby.

Zwei weitere ähnliche Fresken wurden in die Akademie gebracht. Sie zeigen die gleiche mütterliche Zärtlichkeit, die gleiche unschuldige und schöne Kindheit. Die Mutter hält ihr Kind fest in den Armen, drückt ihre Stirn an seine oder beugt ihre Wange, um seinen Kuss entgegenzunehmen. Er wirft seinen kleinen Arm um ihren Hals, klammert sich an ihren Schleier oder streichelt ihr Gesicht.

Neben dieser Gruppe von Bildern von Bartolommeo gibt es vereinzelt noch weitere Porträtmadonnen aus der italienischen Renaissance, die von Männern stammen, die zu groß waren, als dass sie sich an die Mode ihrer Zeit binden ließen. Mantegna war ein solcher Maler und Luini ein anderer. Alles in allem sind ihre Bilder dieser Art jedoch eine Klasse, die zu selten ist, als dass sie eine ausführlichere Beschreibung verdient.

Ein Jahrhundert später griff die spanische Schule gelegentlich auf denselben Behandlungsstil zurück. Ein Paar bemerkenswerter Bilder sind die Madonna von Bethlehem von Alonzo Cano und die Madonna mit der Serviette von Murillo. Beide befinden sich in Sevilla, letzteres im Museum, ersteres hängt noch an seinem ursprünglichen Platz in der Kathedrale.

Über Canos Werk hat ein großer Experte [1] auf dem Gebiet der spanischen Kunst geschrieben: „In seiner heiteren, himmlischen Schönheit wird es von keinem jemals in Spanien geschaffenen Bild der seligen Maria übertroffen.“

Das Bild von Murillo ist bekannter und weist aufgrund seiner Geschichte ein merkwürdiges Interesse auf. Der Koch im Kapuzinerkloster, in dem der Künstler gemalt hatte, bat um ein Bild als Abschiedsgeschenk. Da keine Leinwand zur Hand war, wurde stattdessen eine Serviette angeboten, auf der der Meister eine Madonna malte, die unter seinen Werken an Farbbrillanz unübertroffen ist.

[1] Stirling-Maxwell, in „Annalen der Künstler Spaniens".

Gabriel Max. – Madonna und Kind.

So wie das Porträtbild der erste in der Kunst bekannte Madonna-Stil war, so ist es auch der letzte. Mit einem Sprung von fast tausend Jahren sind wir heute zur Methode des zehnten Jahrhunderts zurückgekehrt. Es ist seltsam, dass das, was einst eine Frage der Notwendigkeit war, endlich zum Objekt der Wahl wird. Zu Beginn der Madonnenkunst verhinderten die begrenzten technischen Mittel jegliche Versuche, eine aufwändigere Vertonung zu schaffen. Solche Schwierigkeiten stehen nicht mehr im Weg, und wo wir jetzt ein Madonna-Porträt sehen, hat der Künstler bewusst auf alle Accessoires verzichtet, um sein Thema besser zu idealisieren.

Nehmen wir zum Beispiel das Porträt Madonnen von Gabriel Max. Hier gibt es keine Details, die die Aufmerksamkeit schlicht und einfach von der

Mutterschaft ablenken könnten. Wir fragen die Person nicht, ob sie von hohem oder niedrigem Stand ist, eine Königin oder ein Bauer. Wir müssen nur in das ernste, liebevolle Gesicht schauen, um zu lesen, dass es sich hier um eine Mutter handelt. Es gibt zwei Bilder dieser Art, die offensichtlich nach denselben böhmischen Vorbildern studiert wurden. In einem schaut die Mutter auf ihr Baby herab; im anderen direkt auf den Betrachter gerichtet, mit einem einzigartig visionären Ausdruck. Wenn uns die sinnlose Wiederholung fester Kompositionen vergangener Zeiten überdrüssig macht, wenden wir uns erleichtert einem einfachen Mutterporträt wie diesem zu, der zugleich primitivsten und fortschrittlichsten Form der Madonnenkunst. Es ist nur ein weiterer Fall, in dem das Einfachste das Beste ist.

KAPITEL II.

DIE THRONENDE MADONNA.

In jedem wahren Zuhause ist die Mutter die Königin, die in den Herzen ihrer liebevollen Kinder thront. Es gibt also eine schöne doppelte Bedeutung, die wir immer im Auge behalten sollten, wenn wir die thronende Madonna betrachten. Nach der theologischen Auffassung seiner Entstehungszeit steht das Bild für die Jungfrau Maria als Himmelskönigin. Im typischen Sinne stellt es die Verherrlichung der Mutterschaft dar.

In der Geschichte der Kunstentwicklung beginnt die thronende Madonna dort, wo die Porträtmadonna endet. Wir können es auf das 13. Jahrhundert datieren, als Cimabue aus Florenz und Guido aus Siena ihre berühmten Bilder schufen. Ähnliche Typen tauchten bereits früher in den Mosaikdekorationen von Kirchen auf, doch nun wurden sie erstmals in Tafelbildern würdig dargestellt.

Die Geschichte von Cimabues Madonna ist eine der oft erzählten Geschichten, die wir gerne wiederholt hören. Wie an einem bestimmten Tag, um 1270, Karl von Anjou durch Florenz reiste; wie er das Atelier von Cimabue mit einem Besuch ehrte; wie die Madonna dann erstmals freigelegt wurde; wie die Leute so freudig jubelten, dass die Straße später den Namen Borgo dei Allegri erhielt; und wie das große Bild schließlich im Triumphzug zur Kirche Santa Maria Novella getragen wurde – das alles sind die Szenen des hübschen Dramas. Der verstorbene Sir Frederick Leighton hat diese bereits sechshundert Jahre alte Geschichte in einem bezaubernden Festgemälde für zukünftige Jahrhunderte bewahrt: „Cimabues Madonna wird durch die Straßen von Florenz getragen." Dies war das erste jemals ausgestellte Werk des englischen Künstlers und ein wichtiger Schritt in seiner Karriere, die in der Präsidentschaft der Royal Academy endete.

Cimabues Madonna hängt noch immer in Santa Maria Novella, über dem Altar der Ruccellai- Kapelle, und viele Pilger machen sich auf den Weg dorthin, um das Andenken des Vaters der modernen Malerei zu ehren. Der Thron ist eine Art geschnitzter Sessel, sehr schlicht in der Form, aber reich mit Gold überzogen; Der umgebende Hintergrund ist voller anbetender Engel. Hier sitzt die Madonna in steifer Feierlichkeit und hält ihr Kind auf dem Schoß. Wenn es uns schwer fällt, ihre Schönheit zu bewundern, müssen wir die Überlegenheit des Bildes gegenüber seinen Vorgängern beachten.

Für die thronende Madonna in einer wirklich attraktiven und schönen Form müssen wir sofort in die Zeit der vollen künstlerischen Entwicklung übergehen. In der Zwischenzeit wurden viele Variationen des Themas erfunden. Der Thron kann jede Größe, Form und jedes Material haben; Die

Komposition kann aus beliebig vielen Figuren bestehen. Die sitzende oder stehende Madonna ist nun der Mittelpunkt einer Ansammlung von Persönlichkeiten, die symmetrisch um sie gruppiert sind. Es gibt kaum oder gar keine einheitliche Handlungsweise zwischen ihnen; jeder ist eine eigenständige Figur. Die Ehrengarde kann aus Heiligen bestehen, wie in Montagnas Madonna aus der Brera in Mailand; oder es handelt sich wiederum um eine Gruppe von Engeln, wie bei der Botticelli zugeschriebenen Berliner Madonna, ähnlich dem Bild von Ghirlandajo in den Uffizien. Wo Heilige dargestellt werden, ist jeder einzelne durch ein besonderes Emblem gekennzeichnet, dessen Identifizierung an sich schon eine interessante Studie darstellt. Der Schlüssel des Heiligen Petrus, das Schwert des Heiligen Paulus, das Rad der Heiligen Katharina und der Turm der Heiligen Barbara werden bald zu vertrauten Symbolen für diejenigen, die sich für diese Art von Überlieferungen interessieren.

Unter den idealisierten Darstellungen rund um den Thron der Jungfrau kann man manchmal die prosaische Figur des Stifters sehen, dessen Großzügigkeit das Bild ermöglicht hat. Dies wird gut in der berühmten Siegesmadonna im Louvre veranschaulicht, die zum Gedenken an die Schlacht von Fornovo gemalt wurde und in der Mantegna Francesco Gonzaga, den Befehlshaber der venezianischen Streitkräfte, darstellt, der zu Füßen der Jungfrau kniet.

Ein bezauberndes Merkmal vieler thronender Madonnen ist die darunter liegende Gruppe von Putten – eins, zwei oder die mystischen drei. Sie sind nicht der ausschließliche Besitz einer einzelnen Kunstschule; Besonders angetan waren ihnen Bartolommeo und Andrea del Sarto von den Florentinern, Francia von den Bolognesern sowie Bellini und Cima von den Venezianern. Die Behandlung in Norditalien gibt ihnen einen klareren Zweck in der Komposition als die in Florenz, denn hier sind sie immer Musiker, die auf allen möglichen Instrumenten spielen – der Geige, der Mandoline oder der Pfeife.

Perugino. – Madonna und Heilige. (Detail.)

Besonders erfolgreich war Bartolommeo im Thema der thronenden Madonna, da er über eine hervorragende kompositorische Begabung verfügte, die mit tiefem religiösen Ernst gepaart war. Als typisches Beispiel mag das große Bild in der Galerie Pitti in Florenz dienen. Andrea del Sartos Auch *das Hauptwerk* – die Madonna di San Francesco (Uffizien) – kann dieser Klasse zugeordnet werden, obwohl die Anordnung völlig neu ist. Die Jungfrau, die das Kind in ihren Armen hält, steht auf einer Art Sockel, der an den Ecken mit Harpyienmustern verziert ist, weshalb das Bild oft als „Madonna der Harpyien" bekannt ist. Der Sockelthron ist auch auf zwei Dresdner Bildern von Correggio zu sehen, hier sitzt jedoch die Jungfrau mit dem Kind auf dem Schoß. Eine äußerst einfache Thronmadonna ist die von Luini in der Brera in Mailand, wo die Jungfrau auf einem schlichten, gar nicht hohen Kranz sitzt.

Eine wunderschöne thronende Madonna stammt von Perugino in der Vatikanischen Galerie in Rom; eines der besten Werke des Künstlers in

Bezug auf Kraft und Lebendigkeit der Farben. Der Thron ist eine architektonische Struktur von eleganter Schlichtheit, offenbar aus geschnitztem und mit Intarsien verziertem Marmor. Die Jungfrau sitzt in stiller Würde, ihr Gesicht den Bischöfen zu ihrer Rechten zugewandt, St. Costantius und St. Herculanus . Auf der anderen Seite stehen der junge St. Laurence und St. Louis von Toulouse. Obwohl Perugino ein äußerst produktiver Künstler war, wählte er dieses spezielle Thema nicht oft. Aus diesem Grund ist das Bild besonders interessant, aber auch, weil es das Originalmodell bekannter Werke zweier der berühmtesten Schüler des umbrischen Malers ist.

Tatsächlich waren es viele Lehrlinge, die in der berühmten *Bottega* in Perugia ausgebildet wurden, aber unter ihnen allen übernahmen Raffael und Pinturicchio die Führung. Dies waren die beiden, die ihren Meister ehrten, indem sie mit eigenen Modifikationen die schöne Komposition des Vatikans wiederholten. Pinturicchios Bild befindet sich in der Kirche St. Andrea in Perugia. Ein bezauberndes Merkmal, das er einführte, ist ein kleiner Johannes, der am Fuße des Throns steht. Raffaels Bild ist die sogenannte Ansidei- Madonna aus der National Gallery in London, die 1885 von der englischen Regierung für den sagenhaften Preis von 72.000 Pfund erworben wurde. Die Komposition ist hier auf die einfachste mögliche Form reduziert, mit nur einem Heiligen auf jeder Seite: dem heiligen Nikolaus auf der rechten Seite und dem heiligen Johannes dem Täufer auf der linken Seite. Die Jungfrau und das Kind schenken diesen Figuren keine Beachtung, sondern sind in ein Buch versunken, das auf dem Knie der Mutter aufgeschlagen liegt .

Raphael hatte keine große Vorliebe für diesen Bildstil, der für seinen Geschmack eher zu formell war. Es ist auffällig, dass er in den wenigen Fällen, in denen er es malte, die Anregung, wie hier, von einem früheren Werk übernahm. So basierte seine Madonna des Heiligen Antonius, ebenfalls in der Nationalgalerie (Leihgabe des Königs von Neapel), auf einem alten Bild von Bernardino di Mariotto , gemäß den strengen Anweisungen der Nonnen, für deren Kloster es sich um einen Auftrag handelte. Die Baldacchino- Madonna der Pitti in Florenz ist eng mit Bartolommeos Komposition in derselben Galerie verwandt.

Wenn wir einen kurzen Blick auf diese verstreuten Beispiele werfen, erfahren wir, dass die thronende Madonna zu jeder Schule der italienischen Kunst gehört und eine erstaunliche Formenvielfalt aufweist. Wahrscheinlich war es im Norden Italiens, wo es am meisten blühte. Die Paduaner Schule findet ihre schöne Darstellung in Mantegnas bereits erwähntem Bild; der Brescianer in Morettos Madonna von S. Clemente; der Veroneser im prächtigen Altarbild von Girolamo dai Libri in San Giorgio Maggiore; die Bergameske , in Lottos Madonna von S. Bartolommeo. Vor allem in Venedig, der

Königinstadt der Adria, erlangte die thronende Madonna ihre größte Popularität: Der Geist der Komposition war auf besondere Weise der venezianischen Liebe zu Prunk und Zeremoniell angepasst.

Um die venezianische Kunst richtig zu verstehen, müssen wir den Charakter der früheren und späteren Epochen unterscheiden. Bei Vivarini , Bellini und Cima war die Madonna in Trono Ausdruck eines frommen religiösen Gefühls. Bei Tizian, Tintoretto und Veronese war es nur eines unter vielen beliebten Kunstsujets . So entstanden zwei verschiedene allgemeine Typen . Die frühere Madonna war eine etwas kühle Schönheit; die makellose Regelmäßigkeit ihrer Gesichtszüge und die unerschütterliche Ruhe ihres Gesichtsausdrucks machen sie eher unnahbar; aber sie zeigt einen starken, süßen, reinen Charakter, der tiefen Respekt verdient.

Eines der bedeutendsten Werke Cimas ist die Madonna dieses Typs in der Akademie von Venedig. Hoch oben auf einem Marmorthron sitzt sie unter einem Säulenportikus, hinter dem sich eine angenehme Landschaft erstreckt. Auf jeder Seite stehen drei Heilige : ein alter Mann, ein Jüngling und eine Jungfrau. Auf den Stufen sitzen zwei Chorsänger und spielen Geige und Mandoline.

Palmas großes Altarbild in Vicenza ist eine weitere prächtige thronende Madonna. Begleitet von St. Georg und St. Lucia und unterhalten von einem musikalischen Engel, der zu ihren Füßen sitzt, unterstützt die Jungfrau ihren schönen Jungen, während er seinen Segen gibt.

Bellinis thronende Madonnen sind auf der ganzen Welt bekannt. Das Bild, mit dem er seinen Ruhm begründete, gehörte zu dieser Klasse und wurde ursprünglich für eine Kapelle in San Giobbe gemalt , hängt heute aber in der Akademie von Venedig. Ruskin bezeichnete es als „eines der großartigsten Bilder, die jemals in der zentralen künstlerischen Kraft der Christenheit gemalt wurden". Es handelt sich um eine große Komposition mit drei Heiligen auf jeder Seite und drei Chorsängern darunter.

Die Frari- Madonna ist schlichter gestaltet und besteht aus drei Fächern, wobei das mittlere den Thron der Jungfrau enthält. Die Angioletti auf den Stufen sind wahrscheinlich die beliebtesten ihrer Art in Venedig.

Giovanni Bellini. – Madonna von San Zaccaria . (Detail.)

Die Madonna von San Zaccaria wurde gemalt, als Bellini über achtzig Jahre alt war, und weist bestimmte technische Qualitäten auf, die alles übertreffen, was der Künstler zuvor erreicht hatte. Besonders bemerkenswert ist die Tiefe von Licht und Schatten; die Farben satt und harmonisch. Die begleitenden Heiligen sind die heilige Lucia auf der rechten Seite, ein hübsches blondes Mädchen, mit dem heiligen Hieronymus dahinter, der in seine Bibel vertieft ist; Gegenüber stehen die heilige Katharina, die nachdenklich nach unten blickt, und der heilige Petrus, der in tiefer Meditation versunken ist. Das gesamte Bild kann sowohl in der Konzeption als auch in der Ausführung als repräsentatives Beispiel der Zeit gelten.

Giorgione folgte der Bellini-Schule und bildete gewissermaßen ein Bindeglied zwischen der früheren und der späteren Kunst. Weniger als ein Dutzend existierender Werke zeugen vom seltenen Geist dieses Meisters, der nur vierunddreißig Jahre auf der Erde verschont blieb . Diese sind von der Qualität, ihn zu den Unsterblichen zu zählen. Die thronende Madonna ist Gegenstand zweier Gemälde, eines in der Madrider Galerie und eines in Castel-Franco. Sie schaffen ein ganz eigenes Madonna- Ideal – ein poetisches Wesen, das mit gesenktem Kopf und verträumten Augen da sitzt, als hätte es unaussprechliche Visionen.

Das Bild von Castel-Franco bringt die feinsten Elemente des venezianischen Charakters zum Ausdruck. Jede andere Komposition wirkt im Vergleich zu dieser Einfachheit aufwändig und künstlich. Andere Madonnen wirken neben dieser Feinheit fast grob. Der Thron der Jungfrau hat eine ungewöhnliche Höhe – einen doppelten Sockel –, dessen obere Stufe etwas über den Köpfen der begleitenden Heiligen Liberale und Franziskus liegt. Dieses einfache kompositorische Mittel unterstreicht die Wirkung ihres nachdenklichen Ausdrucks. Es ist, als ob ihre hohen Meditationen sie von der menschlichen Gesellschaft abheben. Ihre Isolation hat in der Tat etwas fast Mitleiderregendes, wenn man nicht die Charakterstärke in ihrem Gesicht sehen würde. Die Farbgebung ist ebenso schlicht und schön wie die zugrunde liegende Konzeption. Die Tunika der Jungfrau ist grün, und der Mantel, der von der rechten Schulter herabfällt und über ihrem Schoß liegt, ist rot, mit tiefen Schatten in seinen großen Falten. Die Rückseite des Sitzes ist mit einem Streifen rot-goldener Stickerei bedeckt.

Die spätere Periode der venezianischen Kunst ist von einem neuen Ideal der Jungfrau geprägt. Sie ist jetzt ein großartiges Geschöpf aus Fleisch und Blut. Ihr Gesicht ist stolz und schön; Ihre Figur ist groß, wohlproportioniert und etwas üppig. Kein Stall in Bethlehem beherbergte jemals diese hochmütige Schönheit; ihr Zuhause ist in Königspalästen; Sie gehört eindeutig zum Bereich des Reichtums und der Weltlichkeit. Sie hat nie Kummer, Angst oder Armut erlebt; Das Leben hat ihr nichts als Vergnügen und Luxus gebracht. Ihr Thron steht nicht mehr an dem heiligen Ort eines inneren Heiligtums, wo Engelssänger Musik machen. Es handelt sich um eine erhöhte Plattform an einer Seite der Komposition, wie in Tizians Altarbild von Pesaro und Veroneses Madonna in der Akademie von Venedig. Dies bietet Gelegenheit für die Ausstellung aufwändiger Vorhänge, wie wir sie vielleicht auf Veroneses Bild sehen.

Die besonderen Qualitäten der Kunst in Verona und Venedig vereinen sich in Paolo Veronese. Kein Künstler genoss jemals mehr die Pracht der Farben oder kombinierte sie zu bezaubernderen Harmonien. Solche Gaben verwandeln die gewöhnlichsten Materialien, und obwohl seine Jungfrau eine ganz gewöhnliche Frau ist, verfügt sie über unbestreitbare Reize. Eine oft kopierte Figur auf diesem Bild ist die des kleinen Johannes, ein allgemeiner Favorit unter Kinderliebhabern.

Veronese. – Madonna und Heiligen.

Der Leser muss bemerkt haben, dass die Jungfrau auf keinem der bisher zitierten Bilder eine Krone trägt, obwohl die Grundidee der thronenden Madonna die der Königin ist; die gekrönte Madonna ist für die italienische Kunst nicht charakteristisch. Es findet sich gelegentlich in Mosaiken aus dem 8. bis 11. Jahrhundert und in einigen der frühen Votivbilder, taucht aber in der späteren Zeit nur in einigen venezianischen Bildern von Giovanni da Murano und Carlo Crivelli auf . Die gleiche Idee wurde oft umgesetzt, indem man zwei schwebende Engel über dem Kopf der Jungfrau platzierte und die Krone zwischen sich hielt. Botticellis Madonna mit dem Tintenhorn wird auf diese Weise behandelt.

Die Krone ist im Wesentlichen germanischen Ursprungs und Charakters. Wenn wir uns der repräsentativen Kunst Deutschlands und Belgiens zuwenden, finden wir, dass die Jungfrau fast immer eine Krone trägt, egal ob sie auf einem Thron sitzt oder sich in einer pastoralen Umgebung befindet. Es gibt kein besseres Beispiel als die berühmte Darmstädter Holbein-Madonna, die vor allem durch die Kopie in der Dresdner Galerie bekannt ist. Hier wird die imposante Größe der Jungfrau noch eindrucksvoller durch eine hohe, goldene Krone, reich geprägt und mit Perlen besetzt. Darunter fällt ihr blondes Haar locker über ihren schönen Hals und schimmert auf dem blauen Kleid, das über ihren Schultern hängt. Diese edle Figur ist stark und zart und fasst die schönsten Elemente der Madonnenkunst des Nordens zusammen.

Eine einfache und schöne Form für die Krone der Madonna ist die schmale goldene Leiste, die einzeln oder in Gruppen mit Perlen besetzt ist. Dieser wird direkt am Haarrand über die Stirn der Jungfrau gelegt, die ansonsten nicht eingeengt ist. Dies ist auf Madonnen von Van Eyck (Frankfurt), Dürer (Holzschnitt von 1513), Memling (Brügge) und Schongauer (München) zu sehen.

Quentin Massys . – Madonna und Kind.

In der thronenden Madonna von Quentin Massys in der Berliner Galerie finden wir viele typische Merkmale der nordischen Kunst. Der Thron selbst ist äußerst reichhaltig und mit Achatsäulen mit geprägten goldenen Kapitellen verziert. Die Jungfrau hat die feinen Gesichtszüge und den ernsten, zarten Ausdruck, der an frühere flämische Maler erinnert. Ihr Kleid fällt in reichen, schweren Falten auf das Marmorpflaster. Aber wie bei Van Eyck und Memling, Holbein und Schongauer verbergen feine Kleider weder ihre mädchenhafte Einfachheit noch ihr liebevolles Herz. Links steht ein niedriger, mit Essen gedeckter Tisch – ein merkwürdiges häusliches Element, das eingeführt werden muss, und durch und durch nordischen Realismus.

Da er als Symbol für die Verherrlichung der Mutterschaft gilt, gibt es keinen Grund, warum der Thron aus der Mode kommen sollte; aber wenn es erscheinen soll, muss es intelligent und mit einer gewissen Anpassung an gegenwärtige Denkweisen verwendet werden und darf nicht unterwürfig von den Formen vergangener Zeiten nachgeahmt werden. Dies ist eine Tatsache, die von den heutigen Künstlern zu wenig geschätzt wird. Viele moderne Bilder könnten zitiert werden – von Bouguereau, Ittenbach und anderen – von thronenden Madonnen , in denen die Form, aber nicht der Geist, der italienischen Renaissance übernommen wird . In solchen Werken ist die Vertonung eine bloße Affektiertheit, die völlig auf Geschmack zurückzuführen ist. Wenn wir einen Thron haben wollen, lasst uns eine Madonna haben, die eine wahre Königin ist.

KAPITEL III.

DIE MADONNA IM HIMMEL.

(DIE MADONNA IN GLORIA.)

Wir haben gesehen, dass die ersten Madonnen vor einem Hintergrund entweder aus massivem Gold oder vor einem Hintergrund mit Cherub-Figuren gemalt wurden und dass der letztere Stil der Inszenierung in den frühen Bildern der thronenden Madonna fortgeführt wurde. Der Effekt bestand darin, das Thema zu idealisieren und in die Region des Himmlischen zu tragen. Dies war die Keimidee, aus der die „Madonna in Gloria" hervorging.

Der Ruhm war ursprünglich eine Art Nimbus größeren Ausmaßes, der die gesamte Figur umgab und nicht nur den Kopf. Es hatte eine ovale Form, wie die Mandel oder Mandorla.

Ein Bild dieser Klasse ist die berühmte Madonna della Stella von Fra Angelico. Es befindet sich in einem wunderschönen gotischen Tabernakel, der die einzige Zierde einer Zelle in San Marco in Florenz darstellt. Bei jedem Schritt in diesen heiligen Bezirken begegnen wir einer Erinnerung an den Engelsbruder. Wie die grauen Wände unter seinem Pinsel zu Formen und Farben ewiger Schönheit erblühten! Nachdem man die größeren Wandgemälde in den Fluren und im Refektorium gesehen hat, scheint dieses kleine Juwel seine erlesensten Gaben zu verkörpern. Ein prächtiger Rahmen, passend für das Juwel, umschließt einen äußeren Kreis anbetender Engel, und im Inneren enthält die Mitteltafel nur die Ganzkörperfigur der Jungfrau mit ihrem Kind, vor einer Mandorla aus goldenen Strahlen, die von der Mitte zum Umfang verlaufen. Die Madonna ist in einen langen, dunkelblauen Umhang gehüllt, der wie ein byzantinischer Schleier um ihren Kopf gelegt ist.

Fra Angelico. – Madonna della Stella.

Über ihrer Stirn leuchtet ein einzelner Stern, von dem sich der Titel des Bildes ableitet. Sie hält ihr Kind zärtlich, und es schmiegt sich voller Zuneigung an seine Mutter und drückt sein kleines Gesicht an ihren Hals. Getreu den Maßstäben seiner Vorgänger und unberührt vom neuen Geist des Naturalismus, der ihn umgibt, bewahrt der Mönchsmaler in seiner Konzeption die heiligsten Traditionen vergangener Zeiten und vereint mit ihnen dennoch ein Element der Liebe und Zärtlichkeit, das anspricht stark an jedes menschliche Herz.

Es ist nur ein Schritt von dieser früheren Form der Madonna in Gloria zum moderneren Stil der Madonna im Himmel, bei der das Sichtfeld erweitert ist und wir die Jungfrau und das Kind über der Erdoberfläche erheben sehen . Auf einigen Bildern ist ihre Erhebung sehr gering. Es gibt eine merkwürdige Komposition von Andrea del Sarto (Berliner Galerie), bei der wir uns nicht sicher sind, ob die Madonna thront oder auf einem Himmel sitzt. Eine Treppe in der Mitte führt wie zu einem Thron hinauf, aber darüber sitzt die Jungfrau in einer Nische auf einer Wolkenbank.

In Correggios Madonna des Heiligen Sebastian in der Dresdner Galerie scheint die Jungfrau mit ihrem Kind vom Himmel auf die Erde herabzusteigen, und die umgebenden Wolken und Putten ruhen buchstäblich auf den Köpfen der Heiligen, die durch die Vision geehrt werden.

Auf anderen Bildern ist die Trennlinie zwischen Erde und Himmel viel stärker ausgeprägt. Wir haben unten eine Landschaft, dann eine dazwischenliegende Luftschicht und oben am Himmel die Madonna mit ihrem Kind. Der untere Teil des Bildes wird von einer Gruppe von Heiligen eingenommen, denen die himmlische Vision gewährt wird; oder, in seltenen Fällen, durch Putten.

Umbrische Schule. – Verherrlichung der Jungfrau.

Die Jungfrau erscheint in einer Wolke aus Cherubköpfen oder wird von einigen Kinderengeln begleitet. Es gibt ein paar Bilder, auf denen ihre Mutter, die heilige Anna, bei ihr sitzt. Manchmal nehmen anbetende Seraphs teil, einer auf jeder Seite, oder sogar heilige Persönlichkeiten. Alle diese

Variationen sind in den Bildern, die wir betrachten werden, beispielhaft dargestellt.

Das erste ist uns aus der Hand eines unbekannten umbrischen Malers überliefert. In der National Gallery, London, wo es heute hängt, wurde es einst Lo Spagna zugeschrieben , ist heute aber im Katalog als namenlos eingetragen. Es spielt keine Rolle, ob wir den Namen des Meisters kennen oder nicht; Er könnte für sein Talent keine höhere Anerkennung verlangen als die allgemeine Bewunderung, die sein Bild hervorruft.

Im Vordergrund einer ruhigen umbrischen Landschaft befindet sich ein Marmorbalkon, auf dessen Geländer zwei bezaubernde kleine Chorsänger sitzen. Der eine schelmische Kerl spielt auf einer Trompete, während der andere, sein Gesicht der himmlischen Vision zugewandt, auf einer kleinen Gitarre Musik macht. Oben, auf einer Wolke, sitzt die Jungfrau mit dem süßen, mystischen Lächeln im Gesicht, das so charakteristisch für die umbrische Kunst ist. Sie stützt ihr Kind mit ihrem rechten Arm und trägt in ihrer linken Hand einen Lilienstiel. Das Kind, das auf dem Knie seiner Mutter steht und sich an ihren Hals klammert, wendet mit süßer Ernsthaftigkeit sein Gesicht nach außen. In Wolken an der Seite tragen winzige Putten Kerzen, während andere, die darüber schweben, eine große Krone direkt über ihrem Kopf halten.

Obwohl wir diesen Bildstil nicht auf einen bestimmten Ort beschränken können, scheint er in der Kunst Norditaliens großen Anklang gefunden zu haben. In der Brescianer Schule hatte Moretto eine ungewöhnliche Vorliebe für das Fach. Seine Behandlung des Themas ist etwas schwerfällig; Es gibt wenig Ätherisches in seiner himmlischen Vision, weder in der Art der Weiblichkeit noch in der Art der Anordnung. Unter Missachtung des Gesetzes der Schwerkraft stellt er seine oberen Figuren so auf, dass sie eine massive Pyramide bilden, die an der Basis breit ist und sich zur Spitze hin abrupt verjüngt.

Moretto. – Madonna in Glorie.

In der verherrlichten Madonna des Heiligen Johannes des Evangelisten in Brescia wird der Pyramideneffekt durch nach hinten drapierte Vorhänge auf beiden Seiten des oberen Teils der Komposition betont. In der Madonna von San Giorgio Maggiore in Verona haben wir ein viel attraktiveres Bild. Das „Gloria", das die Vision umfasst, ist klar definiert und hat eine so starke Wirkung des Übernatürlichen, dass wir aufhören, die Zusammensetzung nach gewöhnlichen Maßstäben des Naturrechts zu beurteilen. Der weiße Schleier der Jungfrau weht von ihrem Kopf, als würde ihn eine himmlische Brise wehen. Ihr Umhang schwebt mit der gleichen geheimnisvollen Kraft um sie herum und wird von geflügelten Engelsköpfen in anmutigen Girlanden gehalten.

Unten ist eine Gruppe von fünf jungfräulichen Märtyrern zu sehen, mit der heiligen Cäcilia in der Mitte , die eine Krone aus Rosen trägt; Die heilige Lucia hält die Ahle, das Instrument ihrer Folter, und blickt auf die heilige Katharina herab, die sich an ihr schreckliches Rad lehnt. Die heilige Agnes auf der anderen Seite liest leise aus einem Buch, während sie ihr Lamm streichelt, und die heilige Barbara steht hinter ihr und blickt zum Himmel. Es sind alles prächtige junge Amazonen, die an Morettos schöne St. Justina aus der Wiener Galerie erinnern. In ihren kräftigen, gut entwickelten Figuren ist keine Spur von Askese zu erkennen und in ihren Gesichtern kein Hinweis auf einen ungesunden Pietismus.

Morettos Ideale waren eine Vorwegnahme der fortschrittlichsten Ideen der modernen Wissenschaft der Körperkultur. Seine Madonna und seine Heiligen beziehen ihre Schönheit weder aus übermäßiger Verfeinerung einerseits noch aus sinnlichem Charme andererseits, sondern aus einer gesunden und harmonischen Selbstentwicklung.

In der Berliner Galerie befindet sich eine dritte verherrlichte Madonna desselben Malers, die als Heilige Familie behandelt wird. Die heilige Elisabeth sitzt neben der Jungfrau, die auf ihrer rechten Seite ihren eigenen Jungen hält, während sie sich mit dem linken Arm beugt, um den kleinen Johannes zu umarmen. Eine so große Gruppe wird auf diese Weise nicht angemessen behandelt, und doch ist das Bild ein so schönes Kunstwerk, dass es Kritik entkräftet.

In der Person von Savoldo muss noch ein weiterer Vertreter der Brescianer Schule in Betracht gezogen werden . Da er aus einer Adelsfamilie stammte und die Malerei eher als Vergnügen denn als eigentlichen Beruf betrachtete, sind seine Werke selten, und eines der schönsten Beispiele seiner Kunst ist die Verherrlichung der Jungfrau in der Brera-Galerie in Mailand. Die mandorlaförmige Glorie umgibt die Figur der Jungfrau, besetzt mit undeutlich erkennbaren Engelsköpfen. Auf beiden Seiten ist ein musikalischer Engel in Anbetung zu sehen; Vier Heilige stehen unten auf der Erde. Die gesamte Konzeption ist mit äußerster Feinheit wiedergegeben: Die Anmut und Schönheit der Madonna sind genau von der Qualität, um ihre Erscheinung zu einer seligen Vision zu machen.

Von Brescia aus wenden wir uns nach Verona, wo wir wieder viele Bilder des schönen Motivs finden. In den Kirchen von Verona gibt es mindestens drei bemerkenswerte Werke von Gianfrancesco Caroto , in diesem Stil. Eines befindet sich in Sant' Anastasia, ein anderes in San Giorgio und das dritte — das beste existierende Werk des Künstlers — befindet sich in San Fermo

Maggiore und zeigt die Mutter der Jungfrau, die heilige Anna, wie sie mit ihr in den Wolken sitzt.

Girolamo dai Libri war einige Jahre jünger als Caroto und war zeitweise gewissermaßen ein Nachahmer von Caroto. Er begann als Miniaturist und erlangte schließlich einen hohen Platz unter den erstklassigen veronesischen Künstlern. Nirgendwo kommen seine Eigenschaften besser zur Geltung als in der Madonna von St. Andreas und St. Petrus in der Galerie von Verona. Die Jungfrau befindet sich in einer ovalen Glorie, die rundherum mit kleinen, flauschigen Wölkchen umrandet ist. Sie hat ein wunderschönes, matronenhaftes Gesicht mit üppigem Haar, das glatt über ihre Stirn gekämmt ist. Die beiden Apostel unten sind schöne, starke Gestalten voller Männlichkeit.

Morando oder Cavazzola war zweifellos der Begabteste der älteren Schule von Verona und besaß einige der besten Qualitäten des späteren Meisters Paolo Veronese. Wir sollten die Schule daher nicht verlassen, ohne einen bemerkenswerten Beitrag zu erwähnen, den er in seinem neuesten Altarbild zu dieser Bilderklasse beigetragen hat. Hier ist die obere Luft von einer heiligen Gesellschaft erfüllt, die Jungfrau und das Kind werden von den Heiligen Franziskus und Antonius begleitet und von sieben allegorischen Figuren umgeben, die die Kardinaltugenden darstellen. Nachfolgend sind sechs Heilige aufgeführt, die im Franziskanerorden besonders geehrt werden. Das Bild gilt als das schönste Werk der Schule im ersten Viertel des 16. Jahrhunderts.

In der venezianischen Schule malten sowohl Tizian als auch Tintoretto das Thema der Madonna in Herrlichkeit, aber die Bilder sind im Vergleich zu vielen anderen aus ihrer Hand nicht bemerkenswert.

Vom Norden Italiens aus wenden wir uns natürlich als nächstes dem Süden zu, um zu fragen, was Raffael zur gleichen Zeit in Rom tat. Obwohl er unter der päpstlichen Schirmherrschaft mit vielen großen Werken beschäftigt war, fand er immer noch Zeit für sein Lieblingsthema, die Madonna, indem er einige Bilder in den bereits beherrschten Stilen malte und zwei zum ersten Mal im Stil der Madonna im Himmel.

Spanische Schule. – Madonna auf der Mondsichel.

Die erste war die Madonna von Foligno , heute in der Vatikanischen Galerie. Es wurde 1511 für den Sekretär des Papstes, Sigismund Conti, als Dank dafür gemalt, dass er der Gefahr eines Meteoriteneinschlags in Foligno entkommen war . Kein aufmerksamer Beobachter kann langsam erkennen, dass diese Komposition in puncto Einheitlichkeit allen anderen ihrer Art überlegen ist. Hier gibt es keine formelle Reihe von Heiligen, von denen jeder in seine eigenen Überlegungen vertieft ist, abgesehen von einem gemeinsamen Ziel. Im Gegenteil, alle vereinen sich in der Ehrerbietung der Himmelskönigin. Nicht weniger überlegen im Vergleich zu seinen Zeitgenossen war die Fähigkeit des Malers, die Figuren von Mutter und Kind so anmutig und ausgewogen anzuordnen, dass sie in der Luft zu schweben scheinen.

In der Sixtinischen Madonna führte Raffael diese Form der Komposition zur höchsten Vollendung. Seine Schönheit ist so einfach und scheinbar unerforscht, dass wir die Meisterschaft seiner Kunst nicht erkennen . Wir scheinen vor einem Altar zu stehen oder, noch besser, vor einem offenen Fenster, dessen Vorhänge zur Seite gezogen sind, so dass wir direkt in den Himmel aller Himmel blicken können. Eine Wolke von Cherubgesichtern erfüllt die Luft, in deren Mitte sich die Jungfrau mit ihrem Kind auf uns zubewegt. Die nach unten gerichtete Schwerkraft wird durch die Lebensenergie ihres Voranschreitens perfekt ausgeglichen. Der Betrachter hat hier nicht das unangenehme Gefühl, dass das Naturrecht missachtet wird. Während die sitzende Madonna in ihrer Herrlichkeit oft in Gefahr zu sein scheint, auf die Erde zu stürzen, vermeidet diese bewegte Figur in voller Länge eine solch solide Wirkung.

Auch die Figuren auf beiden Seiten sind so positioniert, dass ihre Anwesenheit keine Überraschung hervorruft. Wir hätten vorher sagen sollen, dass schwere päpstliche Gewänder in einer solchen Komposition absurd unpassend wären, aber Raphael löst das Problem so einfach, dass nur wenige die Schwierigkeiten ahnen würden. Der letzte Hauch von Schönheit wird durch die Cherub-Köpfe unten hinzugefügt, die an den naiven Charme der ähnlichen Figuren auf dem von uns betrachteten umbrischen Bild erinnern.

Bouguereau. – Madonna der Engel.

Nach der Zeit Raffaels wurde gelegentlich eine hübsche Form einer Madonna in Herrlichkeit gemalt, die die Jungfrau mit ihrem Kind über der Mondsichel sitzend zeigt. Die Auffassung taucht mehr als einmal in den Gemälden Albert Dürers auf und wurde später von Künstlern aller Schulen übernommen. Sassoferratos Bild in der Vatikanischen Galerie ist ein beliebtes Beispiel. Tintoretto's in Berlin ist nicht so bekannt. In der Dresdner Galerie befindet sich ein Werk eines unbekannten spanischen Malers des 17. Jahrhunderts, das sich von den anderen dadurch unterscheidet, dass die Jungfrau steht, wie in den oft wiederholten spanischen Bildern der Unbefleckten Empfängnis.

Von Bildern wie diesem spricht unser Dichter Longfellow, wenn er die Jungfrau so apostrophiert:

„Du unvergleichliche Königin der Luft, wie Sandalen zu deinen Füßen wird der silberne Mond tragen."

Die enskied Madonna bringt viele technische Schwierigkeiten bei der Komposition mit sich und erfordert ein hohes Maß an künstlerischer Vorstellungskraft. Man kann es kaum als ein häufiges Thema in der Zeit des größten künstlerischen Wagemuts bezeichnen, und kein moderner Maler hat ein angemessenes Verständnis für das Thema gezeigt, obwohl es nicht an denen mangelt, die den Versuch unternommen haben. Bodenhausen , Defregger und Bouguereau sind alle Raffael gefolgt und haben die Königin des Himmels als Ganzfigur am Himmel dargestellt. aber ihre Auffassung hat nicht die Würde, die dem Behandlungsstil entspricht.

Ungeduldig und unzufrieden mit solch moderner Kunst wenden wir uns mit neuer Wertschätzung ihrer großen Gaben wieder den alten Meistern zu.

KAPITEL IV.

DIE PASTORALE MADONNA.

Es dauerte viele Jahrhunderte, bis sich die Kunst, die sich zunächst ausschließlich der Figurenmalerei widmete, dem Studium natürlicher Landschaften zuwandte. So waren Madonnenbilder verschiedener Art schon lange in der Bevölkerung beliebt, bevor die Idee einer Landschaftskulisse eingeführt wurde. Wir müssen erst in der zweiten Hälfte des 15. Jahrhunderts nach interessanten Bildern dieser Klasse suchen, und erst im 16. Jahrhundert wurde die Hirtenmadonna in ihrer höchsten Form erstmals geschaffen. Schon damals gab es nicht viele, die eine wirklich sympathische Liebe zur Natur zeigten.

In der idealen Pastorale füllt die Landschaft das Bild vollständig aus und die Figuren sind gleichsam ein integraler Bestandteil davon. Solche Bilder sind so selten, dass wir in goldenen Buchstaben die Namen der wenigen schreiben, die uns diese Schätze geschenkt haben.

Raphaels steht zu Recht an erster Stelle in der Liste. Seine frühesten Madonnen zeigen seine Liebe zur Naturlandschaft, in den bezaubernden Einblicken in die umbrische Landschaft, die den Hintergrund bilden. Diese werden, wie Müntz betont, mit einer ausgeprägten „Einfachheit der Umrisse und Breite der Gestaltung" behandelt . Sie sind jedoch nur der Anfang der großen Dinge, die folgen sollten. Der Aufenthalt des jungen Malers in Florenz war Zeuge einer wunderbaren Entwicklung seiner Fähigkeiten. Hier war er von den größten Künstlern seiner Zeit umgeben, und von ihnen allen nahm er schnell etwas Exzellentes in sich auf. Seine Produktionsfruchtbarkeit war erstaunlich. In einem Zeitraum von vier Jahren (1504-1508), unterbrochen von Besuchen in Perugia und Urbino, schuf er etwa zwanzig Madonnen , in denen wir die neuen Einflüsse auf ihn nachvollziehen können.

Leonardo da Vinci war zweifellos seine größte Inspiration, und von diesem Meisterschüler der Natur lernte der junge Mann mit neuem Enthusiasmus, wie wichtig es ist, direkt zur Natur selbst zu gehen. Das Ergebnis dieser neuen Studie ist eine Gruppe wunderschöner pastoraler Madonnen , die als Naturidyllen völlig einzigartig sind. Drei davon gehören zu den großen Favoriten der Welt. Sie sind die Belle Jardinière (Die schöne Gärtnerin) der Louvre-Galerie in Paris; die Madonna in Grünen (Die Madonna auf der Wiese), in der Galerie Belvedere, Wien; und die Cardellino- Madonna (Die Madonna mit dem Stieglitz) aus den Uffizien in Florenz.

Wir blättern von einem dieser drei wunderschönen Bilder zum anderen, immer im Zweifel, welches das Größte ist. Glücklicherweise ist es eine Frage, über die es keinen Anlass gibt, darüber zu entscheiden, da jeder Kunstliebhaber glücklicher Besitzer aller drei sein kann, und zwar in der höchsten Form des Besitzes, die durch hingebungsvolles Studium erreicht wird.

In jedem finden wir die typische toskanische Landschaft, die das ganze Bild mit ihrer ruhigen Schönheit erfüllt. Die „frohe grüne Erde" blüht mit zierlichen Blumen; Der strahlend blaue Himmel darüber spiegelt sich in der ruhigen Oberfläche eines Sees. Von seinen Ufern erheben sich sanft gewellte Hügel, auf denen Türme die Zeichen fröhlicher Aktivität zeigen. Im Vordergrund dieser friedlichen Szene sitzt eine schöne Frau mit zwei bezaubernden Kindern auf ihren Knien. Sie gehören ebenso selbstverständlich zur Landschaft wie die Bäume und Blumen; Sie nehmen an seinem ruhigen, friedvollen Glück teil.

Raffael. – Madonna auf der Wiese.

Die drei Bilder sind im allgemeinen Kompositionsstil nahezu identisch und weisen bei näherer Betrachtung der Figuren viele Unterschiede auf. Als eine Art weiblicher Schönheit betrachtet, ist die Belle Jardinière vielleicht die alltäglichste der drei Jungfrauen, oder, um es negativ auszudrücken, die am wenigsten attraktive. Sie gehört eindeutig zur Bauernschicht, ist sanft, liebenswürdig und völlig bescheiden. Die Madonna auf der Wiese ist eine reifere Frau, würdevoller, schöner. Die glatten Zöpfe ihres Haares sind um den Kopf gewunden und betonen dessen schöne Kontur. Der fallende Mantel gibt den Blick auf die fein modellierten Schultern frei. Die Stieglitzmadonna ist eine noch höhere Art von Lieblichkeit, die mit sanfter Würde eine gewisse zarte, edle Anmut vereint, die nur Raphael zu verleihen vermochte. Ihr Gesicht wird von den weichen Haaren, die dezent darüber fallen, bezaubernd umrahmt. Man fragt sich, ob ein moderner *Friseur* so viele Frisuren erfinden könnte wie dieser begabte junge Maler des 16. Jahrhunderts.

Wenn wir uns von der Mutter zu den Kindern wenden, finden wir dieselben allgemeinen Typen in den drei Bildern wiederholt, jedoch mit einigen unterschiedlichen *Motiven*. Das Christkind der Belle Jardinière blickt liebevoll zu seiner Mutter auf. Auf dem Wiener Bild interessiert er sich eifrig für das Kreuz, das ihm der kleine Johannes schenkt. Auf dem Uffizien-Bild ist er ernster und streichelt mit einem Hauch von Abstraktion den Stieglitz, während er über die heiligen Dinge meditiert, die ihm seine Mutter vorgelesen hat.

Die Anordnung der drei Figuren ist auf allen Bildern gleich und so schlicht, dass wir die Größe der Kunst vergessen. Die die Komposition dominierende Jungfrau vereint die beiden kleineren Figuren. Diese Einheit ist in der Belle Jardinière etwas weniger vollkommen, da der kleine Johannes in der intensiven Versunkenheit von Mutter und Kind ineinander fast vernachlässigt wird.

In den späteren Tagen Roms griff Raffael erneut auf den pastoralen Madonna-Typus dieser florentinischen Zeit zurück und malte das Bild, das als „Casa Alba Madonna" bekannt ist. Wir haben wieder dieselbe lächelnde Landschaft und dieselben bezaubernden Kinder, aber eine Jungfrau einer völlig neuen Art. Sie ist eine römische Schönheit mit Turban und einem großartigen Juno-ähnlichen Körperbau, der nicht zum idyllischen Charakter ihrer Umgebung passt. Es ist, als ob eine leuchtende Exotik von ihren heimischen Standorten auf ruhige Felder verpflanzt worden wäre, wo bisher die bescheidene Lilie allein geblüht hatte.

Da Raffaels erste Inspiration für die Hirtenmadonna durch den Einfluss von Leonardo da Vinci kam, ist es interessant, sein Werk mit dem des großen Lombarden selbst zu vergleichen. Kritiker sagen uns, dass die Madonnenbilder, auf denen er seinem Vorbild am nächsten kam, die Madonna auf der Wiese und die Heilige Familie des Lammes seien. (Madrid.) Diese können wir neben der Felsenmadonna platzieren, die die einzige völlig authentische Da-Vinci-Madonna ist, die wir haben.

Nur der erfahrene Kenner kann sich auf Reisen von Paris nach Wien und von Wien nach Madrid an die technischen Qualitäten erinnern, die die drei Bilder miteinander verbinden. aber für allgemeine Charakteristika der Komposition können die Schwarz-Weiß-Reproduktionen genügen. Leonardo nutzte seine intimen Kenntnisse der Natur, um aus ihrem Vorrat etwas auszuwählen, das eher einzigartig als typisch ist. Die Felsgrotte o hat zweifellos ein echtes Gegenstück, aber wir müssen weit gehen, um es zu finden. Im Fluss, der dahinter glänzt, sehen wir die charakteristische Behandlung des Malers mit Wasser, die Raffael gerne übernommen hat. Die dreieckige Anordnung der Figuren, das Verhältnis der Jungfrau zu den Kindern, die schlichte, kindliche Schönheit der letzteren und ihre Haltung zueinander – all diese Punkte legen den Ursprung von Raffaels ähnlichen Vorstellungen nahe. Das Haar der Jungfrau fällt völlig ungebunden in sanften, wellenförmigen Wellen über ihre Schultern.

Leonardo da Vinci. – Felsenmadonna.

Es muss uns nicht gesagt werden, obwohl sich der Historiker Mühe gegeben hat, dies festzuhalten, dass ein Merkmal persönlicher Schönheit, an dem Leonardo immer große Freude hatte, „lockiges und welliges Haar" war. Wir sehen es in der ersten Berührung seiner Hand, als er als Junge in der Werkstatt von Verrochio den Engel mit den welligen Haaren in der Taufe seines Meisters malte; und auch hier, bei der Jungfrau, finden wir es als krönendes Element ihrer geheimnisvollen Schönheit. Wir versuchen vergeblich, das Geheimnis ihres Lächelns zu ergründen – es ist ebenso ausweichend wie bezaubernd. Und hierin liegt der entscheidende Unterschied zwischen Leonardo und Raphael. Ersteres ist immer geheimnisvoll und subtil; Letzterer ist immer offen und naiv. Während beide wahre Interpreten der Natur sind, offenbart Leonardo das Seltene und Unerklärliche, Raffael wählt das Typische und Vertraute. Beide besitzen ein starkes Gespür für die Harmonie zwischen der Natur und dem menschlichen Leben. Das Lächeln der Felsenmadonna ist Teil des Geheimnisses ihrer schattigen Umgebung; [2] Die Ruhe der Madonna auf der Wiese gehört zur Atmosphäre der offenen Felder.

[2] Das ist die Leonardeske *Lächeln* erfordert ein Leonardeske *Dieses Setting* ist, glaube ich, in den Bildern von Da Vincis Nachahmern zu sehen. Ein Beispiel dafür ist die Madonna von Sodoma , die kürzlich der Brera-Galerie in Mailand hinzugefügt wurde. Hier scheint das unvermeidliche Lächeln des Geheimnisses in der sonnigen, offenen Landschaft bedeutungslos zu sein.

Unter anderen, die vom Einfluss Leonardos – und Häuptlings der Langobarden – betroffen waren, war Luini . Seine pastorale Madonna hat jedoch wenig mit den Landschaftsbildern seines Meisters gemein, wie aus dem schönen Beispiel in der Brera hervorgeht. Die Figurengruppe erinnert auffallend an Da Vinci, aber die ruhige, ländliche Weide, auf der die Jungfrau sitzt, ist Luinis eigene. In der Ferne ist eine dichte Baumgruppe zu sehen, deren Stamm und Zweig fein gezeichnet sind. Auf der einen Seite steht eine Hirtenhütte, in deren Nähe eine Schafherde weidet . Das Jesuskind greift vom Schoß seiner Mutter, um mit dem Lamm zu spielen, das der kleine Johannes mitgebracht hat, ein *Motiv* , das Raffaels Madrider Bild ähnelt und möglicherweise bei beiden Malern auf das Vorbild Leonardos zurückzuführen ist.

Gelehrte sagen, dass die Liebe zur Natur in der Zeit der Renaissance durch die Wiederbelebung der lateinischen Dichter einen enormen Impuls erhielt, und dass dieser Impuls am stärksten in den großen Städten zu spüren war. Auf den erwähnten Bildern haben wir seine Wirkung in der florentinischen und lombardischen Kunst gesehen; Dass es auch an isolierten Orten zu spüren war, können wir etwa zur gleichen Zeit in einigen von Correggios Werken in Parma sehen. Zumindest zwei seiner Madonnenbilder sind für ihre wunderschönen Landschaften ebenso berühmt wie für die seltene Anmut und den Charme ihrer Figuren. Dies sind die kniende Madonna in den Uffizien und „La Zingarella " in Neapel. Beide zeigen eine perfekte Anpassung der Umgebung an den Geist der Szene. Im ersten ist es Morgen und die Freude der Natur spiegelt die Freude der Mutter wider stürmische Freude über ihr erwachendes Baby. Ein strahlendes Licht durchflutet die Figuren im Vordergrund und verschmilzt über die grünen Hänge mit der dunstigen Ferne des Meereshorizonts. Im zweiten Moment ist es Dämmerung, und eine ruhige Stille liegt über allem, während sich die Mutter unter den gefiederten Palmen wachsam über den Schlaf ihres Kleinen beugt. Dies waren die Offenbarungen der Natur für den auf dem Lande aufgewachsenen Maler aus der kleinen Stadt Correggio.

Wenn wir uns nun für unsere letzten Beispiele Venedig zuwenden, stellen wir fest, dass die Liebe zur natürlichen Landschaft in dieser Stadt des Wassers und des Himmels bemerkenswert stark war, wo das bloße Fehlen von Grün möglicherweise ein Heimweh nach den grünen Feldern geweckt hat. Es war die venezianische Kunst, die jene Form der pastoralen Madonna hervorbrachte, die als Santa Conversazione bekannt ist. Dies ist normalerweise ein langes, schmales Bild, das eine Gruppe heiliger Persönlichkeiten vor einer Landschaftskulisse zeigt, wobei die Madonna mit dem Kind im Mittelpunkt steht. Die Komposition weist nichts von der Formalität der thronenden Madonna auf. Eine zugrunde liegende Einheit von Zweck und Handlung verbindet alle Figuren in natürlichen und harmonischen Beziehungen.

Der anerkannte Anführer dieses Kompositionsstils – vielen zufolge sogar der Erfinder – war Palma Vecchio. Es ist merkwürdig, dass über einen Maler, dessen Werke so weithin bewundert werden, fast nichts bekannt ist. Sogar die Traditionen, die einst seinem Leben Farbe verliehen, wurden durch die rücksichtslose Hand des modernen Forschers zerstört. Die Zeitspanne seines Lebens erstreckte sich von 1480 bis 1528. So kam er zu Beginn des durch Tizian verherrlichten Jahrhunderts und trug auf seine Weise nicht wenig zu dessen Ruhm bei.

Es wird angenommen, dass er bei Giovanni Bellini studierte und einst ein Freund und Kollege von Lorenzo Lotto war. Als Kind der Berge – denn er wurde in Serinalta geboren – verlor er nie ganz den Einfluss seiner frühen Umgebung.

Bis zuletzt sind seine Figuren ernst, kraftvoll, manchmal fast unhöflich und weisen den Charakter der ewigen Hügel auf. Vielleicht waren es diese Eigenschaften, die die Santa Conversazione zu einer seiner Lieblingskompositionen machten. Er hat eine intensive Liebe zur Natur in ihrer üppigsten Stimmung.

Palma Vecchio. – Santa Conversazione.

Für eine Sammlung von Palmas Bildern sollten wir mindestens vier auswählen, die seine Behandlung der Santa Conversazione darstellen: die in Neapel, Dresden, München und Wien. Das Neapel-Bild gilt als das gelungenste von Palmas großen Gemälden dieser Art, dennoch ist es für den weniger kritischen Betrachter nicht einfach, unter den vieren einen Favoriten auszuwählen. Eine allgemeine Formel beschreibt sie alle: eine sonnige Landschaft mit Hügeln in ihrem grünsten Gewand; im Vordergrund ein Baum, unter dem die Jungfrau sitzt, eine hübsche, vom Lande erzogene Matrone, die ihre herrliche Kraft aus der klaren, hellen Luft zu schöpfen scheint. Auf ihrem Schoß stützt sie einen quirligen kleinen Jungen, der im Mittelpunkt der Aufmerksamkeit steht.

In den einfacheren Kompositionen befindet sich links die Madonna, rechts knien oder sitzen zwei Heilige. Einer ist ein hübscher junger Bauern, ungepflegt und grob gekleidet, der manchmal als Johannes der Täufer und manchmal als St. Rochus auftritt . Ihm gegenüber steht eine schöne junge Heilige, meist die heilige Katharina. Wo die Komposition andere Figuren enthält, steht die Jungfrau in der Mitte , wobei die begleitenden Persönlichkeiten symmetrisch auf beiden Seiten gruppiert sind. Auf dem Wiener Bild sind die beiden zusätzlichen Figuren links der betagte heilige Celestin und eine schöne heilige Barbara.

Von allen Malschulen lässt sich die venezianische Malerei am wenigsten in Schwarz und Weiß übersetzen, so reich an Farben ist die Palette, aus der sie besteht. Dies gilt insbesondere für Palma, und um seine Santa Conversazione richtig zu verstehen, müssen wir die Harmonie der Farben, die es zum Ausdruck bringt, die Akkorde von Blau, Rot, Braun und Grün, die schimmernden Lichter und die strahlende Atmosphäre hineininterpretieren.

Philippinisch Lippi. – Madonna im Rosengarten.

Das Thema der Santa Conversazione sollte nicht ohne einen kurzen Hinweis auf andere Venezianer bleiben, die zur Popularität dieses bezaubernden Bildstils beitrugen. Berenson erwähnt sieben von Palmas Schüler Bonifazio Veronese und eines von seinem Freund Lorenzo Lotto. Cima , Cariani , Paris Bordone und nicht zuletzt der große Tizian [3] haben dem Thema ihre Gaben verliehen, so dass wir reichlich Beweise für die venezianische Liebe zur Naturlandschaft haben.

Es bleibt noch eine weitere Form der Hirtenmadonna zu betrachten, die die Jungfrau und das Kind in „einem umzäunten Garten " darstellt, in Anspielung auf die Symbolik des Salomonischen Liedes (4,12). Das Motiv findet sich unter den Holzschnitten von Albert Dürer , aber ich habe es noch nie in einem deutschen Gemälde gesehen.

[3] Sehen Sie sich insbesondere Tizians Werke im Louvre an, von denen die Vierge au Lapin ein besonders bezauberndes Pastoralstück ist.

In der italienischen Kunst gibt es zwei berühmte Bilder dieser Klasse: von Francia in der Münchner Galerie und von Filippino Lippi (oder so zugeschrieben) in der Pitti in Florenz. In beiden Fällen ist das *Motiv* dasselbe: im Vordergrund eine quadratische Einzäunung , umgeben von einer Rosenhecke, in der Ferne eine hügelige Landschaft; In der Mitte kniet die Jungfrau vor ihrem Kind . Filippino Lippis Gemälde ist eines dieser Bilder, deren Schönheit Scharen von Bewunderern auf die Leinwand lockt. Kopisten sind damit beschäftigt, die Komposition für eifrige Käufer zu wiederholen, und sie hat ihren Weg in die ganze Welt gefunden. Der Kreis anmutiger Engel, die zusammen mit dem Johannesknaben gemeinsam mit der Mutter das Christuskind anbeten, ist eine der Hauptattraktionen des Bildes. Es ist eine hübsche Einbildung, dass einer dieser Engel das Baby mit Rosenblättern überschüttet.

Die Hirtenmadonna ist ein Bild, aus dem man nie herauswachsen kann. Der Charme der Natur ist ebenso beständig wie die Schönheit der Mutterschaft, und beides steht immer im Einklang. Hier liegt also ein geeignetes Thema für die moderne Madonnenkunst vor, ein Feld, das von den Künstlern unserer Zeit kaum erschlossen wurde. Solche pastoralen Madonnen , die in den letzten Jahren gemalt wurden, sind alle mehr oder weniger künstlich konzipiert. Verglichen mit dem idyllischen Charme der Bilder aus dem 16. Jahrhundert wirken sie wie hübsche Szenen in einer gut inszenierten Oper. Wir suchen nach besseren Dingen.

KAPITEL V.

DIE MADONNA IN EINER HEIMLICHEN UMGEBUNG.

Thema wie die Madonna wurde lange Zeit zu sehr verehrt, als dass eine übliche oder realistische Behandlung möglich gewesen wäre. Der pastorale Rahmen brachte die Mutter und ihr Kind in etwas engere und menschlichere Beziehungen, als man es zuvor für möglich gehalten hatte; aber die Kunst zögerte, diese Vertrautheit weiter auszuschöpfen. Die Madonna als häusliches Thema, dargestellt im Inneren ihres Hauses, wurde zögernd übernommen und bis in unsere Zeit so selten behandelt, dass sie nur eine kleine Gruppe von Bildern im großen Gesamtwerk der Kunst bildete.

Schongauer. – Heilige Familie.

Die Maler des Nordens gingen natürlich voran. Sie sind besonders heimatliebend und ihre ideale Frau ist die *Hausfrau* , und es war für sie keine

Herabwürdigung der Würde der Madonna, sie in dieser Funktion darzustellen. In der Münchner Galerie hängt ein Bild im Stil von Quentin Massys , das ein flämisches Schlafzimmer aus dem 15. Jahrhundert zeigt. Links steht das Bett, rechts brennt das Feuer, darüber hängt ein Kessel. Die Jungfrau sitzt allein mit ihrem Kind an ihrer Brust.

In einer häuslichen Szene dieser Art sind häufiger auch andere Figuren der Heiligen Familie zu sehen. Ein typisch deutsches Beispiel ist das Bild von Schongauer in der Galerie Belvedere in Wien. Die Jungfrau sitzt in heimeliger Atmosphäre und ist auf eine Weintraube konzentriert, die sie in ihren Händen hält und die sie aus einem neben ihr auf dem Boden stehenden Korb genommen hat. Langes, welliges Haar fällt ihr über die Schultern; ein schneebedecktes Tuch ist ordentlich im Ausschnitt ihres Kleides gefaltet; sie ist die Verkörperung jungfräulicher Bescheidenheit. Ihr kleiner Junge steht auf ihrem Schoß und schmiegt sich an seine Mutter; Sein Blick war auf die Frucht gerichtet, sein eifriges kleines Gesicht strahlte vor Vergnügen. Dahinter sieht man das Vieh, das Joseph füttert. Er bleibt an der Tür stehen, ein Bündel Heu im Arm, und schaut voller Stolz auf seine junge Frau und ihr Kind.

Schongauers Werk stammt aus der zweiten Hälfte des 15. Jahrhunderts und es gab zur gleichen Zeit in Italien nichts Vergleichbares. Es ist wahr, dass Madonnen in häuslichen Umgebungen zeitgenössischen Italienern zugeschrieben werden, aber sie stammen wahrscheinlich von einer flämischen Hand.

Raffael. – Madonna dell'Impannata .

Giulio Romano, ein Schüler Raffaels, war vielleicht der erste Italiener, der dem Thema Madonna mit Kind eine häusliche Note verlieh. Seine Madonna della Catina von der Dresdner Galerie ist bekannt. Der Name geht auf das Becken zurück, in dem das Christkind steht, während der kleine Johannes aus einem Krug Wasser zum Baden eingießt. Ein weiteres Bild desselben Künstlers zeigt die Madonna mit ihrem Kind im Inneren eines Schlafzimmers sitzend. Dies war eine der „Entdeckungen" des verstorbenen Kritikers Senator Giovanni Morelli und befindet sich in einer Privatsammlung in Dresden.

Giulio Romano ist laut jüngster Kritik auch die Hausmadonna zu verdanken, die als „ Impannata " bekannt ist und üblicherweise Raffael zugeschrieben wird. Es ist wahrscheinlich, dass beide Künstler daran beteiligt waren , der Meister an der Gestaltung der Komposition, der Schüler an der Ausführung. Ein Bett an einer Seite ist durch einen grünen Vorhang verdeckt. Auf der Rückseite befindet sich das stoffbezogene Fenster, das dem Bild seinen Namen gibt. Elisabeth und Maria Magdalena haben das Kind nach Hause gebracht, das seiner Mutter in die Arme springt und seine Freunde strahlend anlächelt. Eine andere Madonna aus Raffaels Pinsel (die Orleans) hat eine Innenkulisse, aber die häusliche Umgebung hier ist zweifellos das Werk eines späteren flämischen Malers.

Im 17. Jahrhundert ist die Heilige Familie in häuslicher Umgebung an verschiedenen Orten etwas häufiger anzutreffen. Vom französischen Maler Mignard gibt es im Louvre ein bekanntes Bild namens La Vierge à la Grappe . Von F. Barocci aus Urbino gibt es in der Nationalgalerie ein Beispiel namens Madonna del Gatto , in dem das Kind einen Vogel außerhalb der Reichweite einer Katze hält. Ein ähnliches *Motiv* , sicherlich kein erfreuliches, findet sich in Murillos Heilige Familie des Vogels in Madrid. Bei Salimbeni , in der Pitti , ist in einem Innenraum eine Heilige Familie zu sehen, die den Knaben Jesus und seinen Cousin St. Johannes beim Spielen mit Welpen zeigt.

Rembrandts häusliche Madonnenbilder, ebenso heimelig wie die Umgebung, sind keineswegs Szenen der Heiterkeit, sondern eher der genügsamen Zufriedenheit. Zwei ähnliche Werke tragen den Titel Le Ménage du Menuisier – Das Zimmermannsheim. In beiden Fällen ist die Szene das Innere eines Gemeinschaftsraums, der der Arbeit und dem Haushalt gewidmet ist. Joseph ist im Hintergrund an seiner Bank zu sehen, während die zentralen Figuren Mutter und Kind sind.

Auf dem Louvre-Bild ist die Mutter der Jungfrau anwesend und streichelt ihr Enkelkind, das an der Brust seiner Mutter gehalten wird. Die Komposition in St. Petersburg (Eremitage-Galerie) ist einfacher und zeigt die Jungfrau, wie sie ihr Baby betrachtet, während es in der Wiege schläft. Ein weiteres bekanntes Bild von Rembrandt befindet sich in der Münchner Galerie, wo wir wiederum Spuren der mühevollen Arbeit des Zimmermanns haben, der Arbeiter jedoch einen Moment innegehalten hat, um einen Blick auf das Baby zu werfen, das an der Brust seiner Mutter ins Traumland gegangen ist und jetzt schläft süß in ihrem Schoß. Mögen diejenigen, denen solche Bilder zu banal für ein heiliges Thema sind, sie mit der Einfachheit der Evangelien vergleichen.

Teil II.
MADONNEN WERDEN NACH IHRER BEDEUTUNG ALS ARTEN DER MUTTERSCHAFT EINGESTUFT.

KAPITEL VI.

DIE MADONNA DER LIEBE.
(DIE MATER AMABILIS.)

Das zweifellos beliebteste aller Madonna-Themen – sicherlich das am leichtesten zu verstehende – ist die Mater Amabilis. Die Stimmung der Mutter lässt sich auf den ersten Blick erkennen: Sie zeigt auf eine von tausend zärtlichen Arten ihre mütterliche Zuneigung zu ihrem Kind. Sie schließt ihn in ihre Arme, drückt ihn an ihre Brust, drückt ihr Gesicht an seins, küsst ihn, streichelt ihn oder spielt mit ihm. Liebe ist in jeder Zeile ihres Gesichts geschrieben; Liebe ist der Grundton des Bildes.

Der für ein solches Thema am besten geeignete Kompositionsstil ist offensichtlich der einfachste. Die formelleren Typen der thronenden und verherrlichten Madonnen eignen sich am wenigsten für die Darstellung mütterlicher Zuneigung, während die Porträtmadonna und die Madonna in Landschafts- oder häuslichen Szenen leicht als Mater Amabilis aufgefasst werden können. Dennoch wurden diese Unterscheidungen in der Kunst keineswegs streng berücksichtigt. Dies wird in einigen Illustrationen in Teil I deutlich, etwa in der Thronenden Madonna von Quentin Massys , wo die Mutter ihr Kind küsst, und in Angelicos Madonna in Glory, wo sie es an ihre Wange hält.

Wenn wir unsere Beispiele aus so vielen Kompositionsmethoden sammeln, befinden wir uns inmitten einer Vielzahl von Bildern, die kein Mensch zählen kann und die jede erdenkliche Phase der Mütterlichkeit darstellen.

Machen wir Raffael zu unserem Ausgangspunkt. Von demselben Meister, dessen Einfluss ihn zum Studium der äußeren Natur führte, lernte er auch das Studium der menschlichen Natur. In die Interpretation der Mutterliebe brachte er die ganze frische Begeisterung der Jugend und ein sonniges Temperament ein, das im Angesicht der Natur nur Freude sah. Eines nach dem anderen aus der Serie seiner Florentiner Bilder gibt uns einen neuen Einblick in die liebevolle Beziehung zwischen Mutter und Kind.

Die Belle Jardinière blickt liebevoll in das Gesicht ihres Jungen. Die Tempi-Madonna hält ihn an ihrem Herzen und drückt ihre Lippen auf seine weiche Wange. Auf den Bildern von Orleans und Colonna lächelt sie ihm nachsichtig in die Augen, während er auf ihrem Schoß liegt und an der Brust ihres Kleides zupft. Andere Bilder zeigen die beiden, wie sie gemeinsam eifrig aus dem Buch der Weisheit lesen (The Conestabile und Ansidei) . Madonnen).

Das spätere Werk des Malers zeugt von einer zunehmenden Reife des Denkens. Wie stark und zärtlich ist in der Heiligen Familie von Franz I. die

Haltung der Mutter, wenn sie sich bückt, um ihr Kind aus der Wiege zu heben; Wie beschützend ist in der Stuhlmadonna die großzügige Umarmung, mit der sie ihn in brütender Liebe an sich zieht. Für die Wahrnehmung solcher Bilder ist keine technisch-künstlerische Ausbildung notwendig. Alle, die die Liebe einer Mutter gekannt haben, schauen und verstehen, und schauen noch einmal und sind zufrieden.

Correggio berührt das Herz auf die gleiche Weise; Auch er sah die Welt durch eine rosarote Brille. Seine Interpretation des Lebens ist voller beschwingter Freude. Neben der ruhigen Freude an Raffaels Idealen drücken seine Figuren eine stürmische Fröhlichkeit, eine überschäumende Fröhlichkeit aus. Dies ist umso merkwürdiger, als ihm eine besondere Melancholie zugeschrieben wird. Die äußeren Umstände seines Lebens verliefen in einem ruhigen, fast eintönigen Rhythmus. Er verbrachte seine Tage vergleichsweise im Dunkeln in Parma, weit entfernt von den großen künstlerischen Einflüssen seiner Zeit. Aber Isolation schien der bessere Weg zu sein, seine seltene Individualität zu entwickeln. Er war der Architekt seines eigenen Schicksals und entwickelte unabhängig einen ihm eigenen Stil. Seine berühmtesten Madonnenbilder sind große Kompositionen voller Figuren mit extravaganter Haltung und Ausdrucksweise. Der Ruhm dieser anspruchsvolleren Werke beruht weniger auf ihrer inneren Bedeutung als vielmehr auf ihrer großartigen Technik. Sie sind unübertroffen im meisterhaften Umgang mit Farben und im Glanz des Hell-Dunkels.

Die kleineren Bilder, auf denen die Mutter mit ihrem Kind allein ist, zeigen bessere Gefühlsqualitäten. Hier finden wir etwas, das es wert ist, mit Raffael verglichen zu werden. Es gibt mehrere davon, die in rascher Folge in der Zeit entstanden, als der Künstler sich mit den Fresken von S. Giovanni (Parma) beschäftigte und sein Herz kurz nach der Heirat für süße, häusliche Einflüsse geöffnet hatte.

Das erste war das Uffizienbild, das so weithin bekannt und beliebt ist. Die Mutter hat ihren Mantel so zusammengerafft, dass er ihren Kopf bedeckt und seitlich auf eine Stufe fällt und ein weiches, blaues Kissen für das Baby bildet. Hier liegt der kleine Schatz und schaut seiner Mutter ins Gesicht. Sie kniet auf der Stufe darunter und beugt sich mit spielerisch ausgestreckten Händen über ihn, in einem Anflug mütterlicher Zuneigung.

della Cesta , das sich heute in der Nationalgalerie befindet und aus dem Korb stammt, der auf dem Boden liegt. Es ist eine häusliche Szene in der Luft: Die Mutter zieht ihr Kind an und hält lächelnd seine Hand fest, die es einem plötzlichen Impuls folgend nach einem begehrten Gegenstand ausgestreckt hat. Das gleiche Gesicht wiederholt sich fast genau in der Madonna der Eremitage (St. Petersburg), die ihrem Jungen ihre Brust anbietet und sich in diesem Moment umdreht, um von einem Kinderengel eine Frucht zu empfangen. Es gibt zwei Duplikate dieses Bildes in anderen Galerien.

Der Name „Zingarella" (die Zigeunerin) geht auf den Zigeunerturban zurück, den die Madonna trug. Die Mutter, die angeblich von der Frau des Künstlers gemalt wurde, sitzt mit dem schlafenden Kind auf ihrem Schoß. Mit mütterlicher Zärtlichkeit beugt sie sich so eng über ihn, dass ihre Stirn sein Köpfchen berührt. Es ist bedauerlich, dass dieses schöne Werk nicht bekannter ist. Es befindet sich in der Galerie von Neapel.

Ein Vergleich dieser Bilder offenbart eine bemerkenswerte Vielfalt in Aktion und Gruppierung. Andererseits sind die Madonnen im allgemeinen Typus recht ähnlich. Mit Ausnahme der Zingarella , die am mütterlichsten ist , sind sie alle in verspielter Stimmung. Die gleiche Verspieltheit, aber süßer und mütterlicher Art, erhellt das Gesicht der Madonna della Scala. Die Komposition ist eher im Porträtstil gehalten und zeigt die Mutter in halber Figur, sitzend unter einer Art Baldachin. Das Baby schmiegt sich eng an ihren Hals und dreht sich mit einem halb schüchternen, halb schelmischen Blick zum Betrachter um. Seine Schüchternheit zaubert ein Lächeln zärtlicher Belustigung in das sanfte, junge Gesicht über ihm.

Das Bild hat eine interessante Geschichte. Es wurde ursprünglich als Fresko über dem Osttor von Parma gemalt, wo Vasari es sah und bewunderte. In späteren Jahren wurde die Wand, die es schmückte, in eine kleine neue Kirche integriert, deren Rückwand es bildete. Um dem hohen Niveau der Madonna gerecht zu werden, wurde das Gebäude etwas erhöht und wurde über eine Treppe betreten und erhielt den Namen S. Maria della Scala (der Treppe).

Correggio. – Madonna della Scala.

Der Name blieb dem Bild auch nach der Zerstörung der Kirche (1812) und der Verlegung des Freskos in die städtische Galerie erhalten. Die Verunstaltungsspuren, die es trägt, sind auf die Votivgaben zurückzuführen, die früher daran befestigt waren , darunter eine silberne Krone, die die Madonna noch im 18. Jahrhundert trug. Obwohl solche Narben seine künstlerische Schönheit beeinträchtigen, tragen sie doch nicht wenig zu dem romantischen Interesse bei, das ihn ausstrahlt.

Neben Namen wie Raphael und Correggio liefert die Geschichte nur einen weiteren würdigen Vergleich für die Darstellung der Mater Amabilis – es ist Tizian. Seine Madonna ist keineswegs einheitlich mütterlich. Es gibt Zeiten, in denen wir vergeblich nach einer Milderung ihrer aristokratischen Züge suchen; wenn ihre stattliche Würde mit Demonstrativität völlig unvereinbar zu sein scheint. [4] Aber wenn die Liebe ihr Herz zum Schmelzen bringt, wie gnädig ist ihre Unbeugsamkeit, wie gewinnend ist ihr Lächeln! Einmal geht sie sogar so weit, mit ihrem kleinen Jungen auf dem Feld zu spielen und mit einer Hand ein Kaninchen zu beruhigen, damit er es bewundern kann. (La Vierge au Lapin, Louvre.) Auf anderen Bildern hält sie ihn auf ihrem Schoß liegend und lächelt ihn nachdenklich an. Eine solche ist die Madonna mit den hl . Ulfo und Brigida, in der Madrider Galerie. Das Kind nimmt die Blumen entgegen, die ihm die heilige Brigida schenkt, und seine Mutter schaut mit dem erfreuten Ausdruck zärtlichen Stolzes nach unten. Als ihr Baby erneut seine beiden Händchen voller Rosen hält, die ihm sein Cousin St. John mitgebracht hat, lächelt es sanft über den Eifer der beiden Kinder. (Uffizien-Galerie.)

[4] Sehen Sie die Kirschenmadonna im Belvedere in Wien und die Madonna mit Heiligen in der Dresdner Galerie.

Tizian. – Madonna und Heilige. (Detail.)

Eine weitere ähnliche Komposition offenbart eine noch süßere Intimität zwischen Mutter und Sohn. Das Baby streckt seine Hand schmeichelnd nach der Brust seiner Mutter aus, aber sie zieht ihren Schleier um sich und weist seinen Appell sanft zurück. Eine schönere Mutter oder ein bezauberndes Baby war schwer zu finden. Drei schöne Halbfiguren von Heiligen vervollständigen diese Komposition, jede von großem Interesse und Individualität, aber für die Einheit der Handlung nicht notwendig – die Madonna allein ergibt ein vollständiges Bild. Von diesem Werk gibt es zwei Exemplare, eines im Belvedere in Wien und eines im Louvre in Paris.

Das *Motiv* dieses Bildes ist, wie nebenbei bemerkt, kein Einzelfall in der Kunst. Die erste Pflicht der Mutterschaft und eine ihrer reinsten Freuden besteht darin, das neugeborene Leben an der Brust der Mutter zu erhalten. Eine grobe Interpretation des Themas entweiht einen heiligen Schrein, während eine zarte Darstellung wie die von Raffael oder Tizian ihm eine neue Schönheit verleiht. Weitere Bilder dieser Klasse sollten im gleichen Zusammenhang erwähnt werden. Es gibt eines in der Eremitage-Galerie in St. Petersburg, das von späteren Kritikern dem wenig bekannten Maler Bernardino de' Conti zugeschrieben wird. Das Gesicht der Madonna mit ihren glatt über die Schläfen gezogenen Haaren strahlt eine wunderschöne Matronenhaftigkeit aus. Eine weitere ist die Madonna mit dem grünen Kissen von Solario im Louvre. Hier liegt das Kind auf einem Kissen vor seiner Mutter, die sich ekstatisch über ihn beugt, ihr schönes junges Gesicht strahlt vor mütterlicher Liebe, als sie seine Zufriedenheit sieht.

Uns ist aufgefallen, dass auf einem von Corregios Bildern das Baby schlafend auf dem Schoß seiner Mutter liegt. Es ist interessant, dieses hübsche *Motiv* anhand anderer Kunstwerke nachzuzeichnen . Keine Phase der Mutterschaft ist berührender als die wachsame Fürsorge, die das Kind bewacht, während es schläft. Auch die Kindheit ist nie verlockender als der friedliche und unschuldige Schlaf. Frau Browning verstand dies gut, als sie ihr wunderschönes Gedicht schrieb, in dem sie die Gedanken „Die Jungfrau Maria an das Jesuskind" interpretierte. Hoffnungen und Ängste, Freude und Mitleid erwachen abwechselnd im Herzen der Betrachterin, während sie sich über das winzige Gesicht beugt und jede Veränderung beobachtet, die darin vorüberzieht. Jeder Vers schlägt ein Thema für ein Bild vor.

Wir sollten natürlich erwarten, dass Raffael ein so schönes Thema wie die Mutter, die ihr schlafendes Kind beobachtet, nicht übersehen würde. Wir sind auch nicht enttäuscht. Zu dieser Bildklasse gehört die Madonna mit dem Diadem im Louvre. Wie die Hirtenmadonnen der Florentiner Zeit enthält sie die Figur des kleinen Johannes, dem in diesem Fall die stolze Mutter ihr Kind zeigt und dabei anmutig den Schleier hochzieht, der sein Gesicht bedeckt.

Das 17. Jahrhundert brachte viele Bilder dieser Klasse hervor; unter ihnen verdient ein wunderschönes Werk von Guido Reni in Rom Erwähnung, das mit größerer Sorgfalt ausgeführt wurde, als es bei ihm üblich war. Sassoferrato und Carlo Dolce haben das Thema häufig gemalt. Ihre

Madonnen wirken oft affektiert, um nicht zu sagen sentimental, nach den einfacheren und edleren Vorbildern der früheren Zeit. Aber nirgends passt ihre besondere Süße besser als neben einem schlafenden Baby. Das Corsini-Bild von Carlo Dolce ist eine exquisite Kinderzimmerszene. Seine Beliebtheit hängt vielleicht mehr vom Baby als von der Mutter ab. Wie Lady Isobels Kind in einem anderen Mutterschaftsgedicht von Mrs. Browning schläft er —

„Schnell, warm, als ob das Lächeln seiner Mutter,
beladen mit dem taufrischen Gewicht der Liebe,
und rot wie die Rose von Harpokrates ,
auf seine Augenlider
fallend , die Wimpern in versiegelter Ruhe an die Wange gepresst.“

In der Kunst der nördlichen Madonnen ist die Mater Amabilis das herausragende Thema. Diese Tatsache ist teilweise auf die deutsche theologische Tendenz zurückzuführen, die Mutter ihrem göttlichen Sohn unterzuordnen, insbesondere aber auf die charakteristische Häuslichkeit germanischer Völker. Von Van Eyck und Schongauer über Dürer und Holbein bis hin zu Rembrandt und Rubens können wir diese stark ausgeprägte Vorliebe in jedem Kompositionsstil verfolgen, unabhängig von den Anstandsregeln. Van Eyck zögert nicht, seine reich gekleidete, thronende Madonna in Frankfurt damit zu beschäftigen, ihrem Kind die Brust zu geben, und Dürer stellt die gleichen mütterlichen Pflichten in der Jungfrau auf der Mondsichel dar. Holbeins Meyer-Madonna, prächtig mit ihrer juwelenbesetzten Krone, ist nicht weniger mütterlich als Schongauers junge Jungfrau, die in einem rohen Stall sitzt.

Rembrandt in bescheidenen niederländischen Innenräumen, Rubens in zahlreichen Heiligen Familien nach dem Vorbild des flämischen Lebens um ihn herum stellen sich immer die Jungfrau Mutter als eine Frau vor, die sich an ihren mütterlichen Sorgen erfreut. Wie schon von Dürer gesagt wurde Madonna – und die Beschreibung trifft auch auf viele andere im Norden zu – „Sie säugt ihren Sohn mit einem ruhigen Glücksgefühl; sie blickt ihn voller Bewunderung an, während er auf ihrem Schoß liegt; sie streichelt ihn und drückt ihn an sich.“ Busen, ohne darüber nachzudenken, ob es ihr steht oder ob sie bewundert wird.

Dürer . – Madonna mit Kind.

Dieses völlige Fehlen jeglicher Pose seitens der deutschen Jungfrau ist eines der bewundernswertesten Elemente dieser Kunst. Diese Eigenschaft wird in Dürers Porträt Madonna der Belvedere-Galerie in Wien perfekt veranschaulicht . Dies ist ein hervorragendes Exemplar des Meisters, der als einziger der Deutschen als ebenbürtig mit seinen großen italienischen Zeitgenossen gilt. Er wurde sowohl von Tizian als auch von Raffael aufrichtig bewundert und hat mit ihnen die überragende Gabe gemeinsam, natürliche menschliche Gefühle zu erkennen und wiederzugeben. Seine Arbeit ist jedoch ebenso durch und durch deutsch wie ihre italienisch. Die Madonna dieses Bildes hat das runde, mädchenhafte Gesicht des typisch deutschen Ideals. Über dem wallenden Haar hängt ein durchsichtiger Schleier, der darüber von einer blauen Drapierung bedeckt wird. Die Mutter hält ihr Kind hoch im Arm und beugt ihr Gesicht über es. Das Baby ist ein wunderschöner kleiner Kerl voller Lebhaftigkeit. Er hält fröhlich eine Birne hoch, um dem Lächeln seiner Mutter zu begegnen. Das Bild ist mit großer Feinheit gemalt.

Die Mater Amabilis ist das Thema *schlechthin* der modernen Madonnenkunst. Da es auf seiner Oberfläche so viel Schönheit und Bedeutung in sich trägt, ist es für alle Figurenmaler von Natur aus attraktiv. Während andere Madonna-Themen allzu oft außerhalb des Verständnisses des Künstlers oder seines Auftraggebers liegen, fällt dies in den Bereich beider. Die Schaufenster sind voll von hübschen Bildern dieser Art, in allen Stilrichtungen.

Es gibt die bereits erwähnten Porträtmadonnen von Gabriel Max und pastorale Madonnen von Bouguereau, von Carl Müller, von N. Barabino und von Dagnan-Bouveret . Andere übertragen das Thema in die formelleren Kompositionen der thronenden und bekrönten Madonnen und sind, wie wir gesehen haben, nicht ohne berühmte Vorläufer unter den alten Meistern. Von diesen haben wir Guays Mater Amabilis, wo sich die Mutter von ihrem Thron lehnt, um ihr Kind zu stützen, und auf der Stufe darunter mit seinem Cousin, dem heiligen Johannes, spielt; und das Bild von Mary L. Macomber, auf dem die thronende Madonna ihr Kind in ihre schützenden Arme schließt, als wolle sie es vor dem drohenden Bösen schützen.

Bodenhausen .- Madonna mit Kind.

Bei Bodenhausen haben wir das äußerst beliebte Mater Amabilis in Gloria, wo eine mädchenhafte junge Mutter mit wehenden langen Haaren in der Luft steht, über der großen Erdkugel schwebt und ihr süßes Baby an ihr Herz hält.

Bilder wie diese wiederholen immer wieder die Geschichte der Mutterliebe — eine alte, alte Geschichte, die mit jeder neuen Geburt von neuem beginnt.

Kapitel VII.

DIE MADONNA IN ANBETUNG.

(DIE MADRE PIA.)

Die ersten zärtlichen Freuden der Mutterliebe sind auf seltsame Weise mit Ehrfurcht vermischt. Ihr Kind ist ein kostbares Geschenk Gottes, das sie in zitternde Hände empfängt. Ein neues Verantwortungsgefühl drängt sich mit fast überwältigender Kraft auf sie ein. Ihr ist die höchste Ehre, die der Frau zuteil wird; Sie nimmt es mit feierlicher Freude an und hält sich für allzu unwürdig.

Dieser Geist der Demut wurde in der Kunst in Form der Madonna, bekannt als Madre Pia, idealisiert. Es stellt die Jungfrau Maria dar, die ihren Sohn anbetet. Manchmal kniet sie vor ihm, manchmal sitzt sie mit gefalteten Händen da und hält ihn auf ihrem Schoß. Wie unterschiedlich die Einstellung auch sein mag, der Gedanke ist derselbe: Er ist Ausdruck jenes höheren, feineren Aspekts der Mutterschaft, der die Kindheit nicht nur als Objekt der Liebe, sondern auch ehrfürchtiger Demut betrachtet. Es ist eine Anerkennung des großen Geheimnisses des Lebens, das selbst dem hilflosen Baby eine Würde verleiht, die Respekt einflößt.

Ein Bild mit einer so ernsten Absicht kann nie allgemein verstanden werden. Die Bedeutung ist für den zufälligen Beobachter zu subtil . Als Ausgeburt des mittelalterlichen Pietismus wurde er von populäreren Themen abgelöst und seitdem nie wiederbelebt. Das Motiv hatte seinen Ursprung in einer idealisierten Krippe in einer pastoralen Umgebung, die an die Krippe von Bethlehem erinnert. Theologisch stellte es die Jungfrau als erste Anbeterin ihres göttlichen Sohnes dar. Aber obwohl das heilige Geheimnis der Erfahrung Marias sie für immer als „gesegnet unter den Frauen" auszeichnet, ist sie der Typus wahrer Mutterschaft in allen Generationen.

Die anbetende Madonna ist eigentlich ein Thema des 15. Jahrhunderts. Sie gehört in erster Linie zu der mystischsten aller Kunstschulen, der umbrischen, deren Zentrum in der Stadt Perugia liegt. Nirgendwo sonst war die Malerei so eindeutig eine Ergänzung zu religiösen Gottesdiensten, die vor allem dazu gedacht war, dem Gläubigen beim Gebet und der Kontemplation zu helfen.

Als Vertreter der typischen Qualitäten der perugischen Schule gilt der Künstler, der unter seinem Namen Perugino bekannt ist. Sein Lieblingsmotiv ist die Madre Pia und sein bestes Bild dieser Art ist die Madonna der National Gallery. Wer sie einmal hier gesehen hat, erkennt sie in anderen Galerien immer wieder an den vielen Nachbildungen dieser bezaubernden Komposition. Im Vordergrund kniet die Madonna und betet mit gefalteten

Händen das Kind an, das von einem Schutzengel in sitzender Haltung auf dem Boden gestützt wird. Das Gesicht der Jungfrau ist voller inbrünstiger und erhabener Emotionen.

Perugino hatte keinen direkten Nachahmer seiner Madre Pia, aber seine Bologna-Verehrerin Francia behandelte das Thema auf eine Weise, die leicht auf die Quelle seiner Inspiration schließen lässt. Seine Madonna im Rosengarten in München erinnert sofort an Perugino. Der Künstler hat sich jedoch für einen Roman entschieden *Motiv* , das den Moment darstellt, in dem die Jungfrau einfach auf die Knie sinkt, als wäre sie von Emotionen überwältigt.

Zwischen der umbrischen und der florentinischen Schule kam es zu einem gegenseitigen Einfluss. Während letztere den ersteren viele Geheimnisse der Komposition und technischen Ausführung beibrachten, gaben die Umbrer wiederum etwas von ihrer Mystik an ihre sachlicheren Nachbarn weiter. Während sich die umbrische Schule des 15. Jahrhunderts mit der Madre Pia beschäftigte, widmete sich auch Florenz diesem Thema. Sculpture führte das Rennen an, und ganz vorn lag Luca della Robbia , Gründerin der Schule, die seinen Familiennamen trägt.

Er begann als Marmorarbeiter und schuf mit seinem erfinderischen Genie bald einen ganz eigenen Skulpturenstil. Dabei handelte es sich um das emaillierte Terrakotta-Basrelief, das reinweiße Figuren vor einem blassblauen Hintergrund zeigte. Sie bestanden hauptsächlich aus kreisförmigen Medaillons, Lünetten und Tabernakeln und waren in den Kirchen und Häusern der Toskana verstreut.

Mit Luca war in seiner Arbeit sein Neffe Andrea verbunden, der wiederum drei Bildhauersöhne hatte: Giovanni, Girolamo und Luca II. Die Nachfrage nach ihren Waren war so groß, dass die Della Robbia -Studios zu einer wahren Manufaktur wurden, aus der Hunderte von Stücken hervorgingen. Eine beträchtliche Anzahl davon stellt die anbetende Madonna dar. Während es schwierig ist, jedes einzelne dieser Werke mit absoluter Genauigkeit seinem jeweiligen Autor zuzuordnen, scheinen die meisten von Andrea zu stammen, die, wie es scheint, eine besondere Vorliebe für das Thema hegte. Es muss anerkannt werden, dass der Neffe in seinem Ideal der Jungfrau seinem Onkel unterlegen ist, in seinen Vorstellungen weniger originell ist als Luca und in seinen Ergebnissen weniger edel ist. Dennoch weist sein Werk viele bezaubernde Qualitäten auf, die dem Charakter des jeweiligen Themas, um das es geht, besonders angemessen sind. Tatsächlich hat das Flachrelief für Idealisierungszwecke einen besonderen Wert. Es hat die Wirkung, das Material zu vergeistigen und den Figuren ein ätherisches Aussehen zu verleihen. Andrea machte sich diesen Vorteil zunutze und bewies darüber hinaus ein feines Urteilsvermögen, indem er Kurven unterdrückte und die Einfachheit seiner Linien beibehielt.

All dies können wir in dem beliebten Tabernakel sehen, den er entworfen hat und von dem es mindestens fünf und wahrscheinlich mehr Kopien gibt. Die Madonna kniet betend vor ihrem Kind, das neben einigen Lilienstielen auf dem Boden liegt. Am Himmel darüber sind zwei Cherubim und Hände, die eine Krone halten. In der knienden Figur liegt eine mädchenhafte Anmut und im Gesicht eine seltene Süße, völlig frei von Sentimentalität. Die strenge Schlichtheit der Drapierung und das Fehlen jeglicher unnötiger Accessoires sind hervorzuhebende Vorzüge. Die Komposition wurde manchmal durch die Einführung verschiedener Figuren am Himmel, anderer Cherubim oder des Kopfes des Allmächtigen mit der Taube variiert.

Andrea della Robbia . – Madonna in der Anbetung.

An zweiter Stelle stand nach diesem das kreisförmige Medaillon der Geburt Christi mit der Jungfrau und dem heiligen Johannes in Anbetung. Es gibt zwei Exemplare davon in der Florentiner Akademie, eines im Louvre und eines in Berlin. Der Effekt, so viele Figuren auf engstem Raum zusammenzudrängen, ist nicht so erfreulich wie die klassische Einfachheit der früheren Komposition.

Zeitgleich mit den Della Robbias gab es eine weitere ebenso zahlreiche florentinische Künstlerfamilie. Von den fünf Rossellini ist Antonio für uns von größtem Interesse, da er als Bildhauer einige Eigenschaften mit den berühmten Porzellanarbeitern gemeinsam hatte. Wie sie hatte er eine besondere Gabe für die Madonna in der Anbetung. Wir können dieses Thema in seinem besten Stil in der Behandlung sehen, in der wunderschönen Geburt Christi in San Miniato , „die als eines der bezauberndsten Werke der besten Periode der toskanischen Kunst angesehen werden kann". [5] Der Tourist wird es als reiche Belohnung für seinen Aufstieg zur malerischen alten Kirche auf der Stadtmauer betrachten, die über den Arno hinausragt. Sollten ihn seine Wanderungen bei einer anderen Gelegenheit vielleicht auf den Hügel auf der gegenüberliegenden Seite führen, so wird er in der Kathedrale von Fiesole einen passenden Begleiter im Altarbild von Mino da Fiesole finden. Dies ist eine ausgesprochen einzigartige Wiedergabe der Madre Pia. Die Jungfrau kniet in einer Nische, dem Betrachter zugewandt, betet das Christuskind an, das auf den Stufen unter ihr sitzt, und wendet sich an den kleinen Täufer, der seitlich auf einer noch niedrigeren Stufe kniet.

[5] CC Perkins, in Tuscan Sculptors.

Lorenzo di Credi . – Geburt Christi.

Wenn wir von der Skulptur von Florenz zu ihrer Malerei übergehen, ist es angebracht, zunächst den Freund und Mitschüler des umbrischen Perugino, Lorenzo di Credi , zu erwähnen . Die beiden hatten viel gemeinsam. Gemeinsam in der Werkstatt des Bildhauers Verrocchio ausgebildet, wurden beide in jenen Tagen intensiven religiösen Stresses Anhänger des Prophetenpriors von San Marco, Savonarola. Ihr religiöser Ernst fand natürlich seinen Ausdruck im wunderschönen Thema der Madre Pia. Der florentinische Künstler ist zwar nicht weniger gläubig als sein Freund, bringt aber in sein Werk ein Element der Freude ein, das für seine Umgebung charakteristisch und attraktiver ist als die etwas melancholischen Typen Umbriens. Seine „Anbetung" in den Uffizien ist ein bewundernswertes Beispiel seiner besten Arbeit. Der durch die Della Robbias populär gewordenen Mode folgend , wählte der Künstler für seine Komposition das runde Bild oder *Tondo* . Durch die Eliminierung unnötiger Ecken wird die Aufmerksamkeit auf die schöne Figur der Jungfrau gelenkt , die einen großen Teil des Kreises einnimmt. In exquisitem Einklang mit der bescheidenen Schönheit ihres Gesichts ist ein zarter, durchsichtiger Schleier über ihr glattes

Haar geknotet und fällt über die runden Rundungen ihres Halses. In ihrem Ausdruck und ihrer Haltung ist sie die perfekte Verkörperung des Geistes der Demut, sie unterwirft sich freudig ihrer hohen Berufung und erkennt ehrfürchtig ihre Unwürdigkeit an.

Dieses Bild kann als typisches Beispiel für das Thema in der florentinischen Malerei angesehen werden. Lorenzo selbst wiederholte die Komposition viele Male, und es konnten zahlreiche andere Werke von Ghirlandajo in der Akademie von Florenz erwähnt werden, die in ihrer Behandlung auffallend ähnlich waren ; von Signorelli, in der National Gallery; von Albertinelli , im Pitti ; von Filippo Lippi, in der Berliner Galerie; von Filippino Lippi, im Pitti ; und so weiter durch die Liste.

In vielen Fällen scheint das Thema nicht so sehr aus Andachtsgeist des Malers ausgewählt worden zu sein, sondern vielmehr aus der Kraft der Nachahmung der vorherrschenden florentinischen Mode. Dies gilt insbesondere im Fall von Filippo Lippi, der nicht gerade den besten Ruf genießt. Obwohl er ein Bruder im Karmeliterkloster war, führte ihn seine Liebe zu weltlichen Vergnügungen oft in die Irre, wenn wir dem Klatsch der alten Annalisten Glauben schenken dürfen . Wir mögen die skandalträchtigen Übertreibungen durchaus zulassen, müssen aber dennoch zugeben, dass sein aufrichtiger Realismus ein klarer Beweis für ein genaueres Studium der Natur als der Theologie ist.

Browning hat uns in dem nach ihm benannten Gedicht „Fra Lippo Lippi" eine feine Analyse seines Charakters gegeben. Der Künstlermönch, der nach einem Mitternachtsfest auf den Straßen der Stadt gefangen ist, erklärt seinen ständigen Streit mit den von kirchlichen Autoritäten aufgestellten Kunstregeln. Sie beharren darauf, dass sein Geschäft „den Seelen der Menschen gilt" und dass es „gänzlich über das Zeichen der Malerei" hinausgeht, „Gesichter, Arme, Beine und Körper wie die Echtheit" zu malen. Er seinerseits behauptet, dass es der Interpretation der Seele nicht helfe, den Körper krank zu malen. Er ist ein großer Liebhaber aller schönen Linien und Farben in der Welt Gottes und glaubt, dass uns diese Dinge geschenkt werden, um dafür dankbar zu sein und nicht, um sie zu übersehen oder zu verachten. Da er gezwungen war, sich einer Klasse von Themen zu widmen, mit denen er wenig Sympathie hatte, ging er Kompromisse mit seinen Kritikern ein, indem er die traditionellen Kompositionsformen übernahm und sie nach der Art von Genremalern in Vorbildern behandelte, die aus dem alltäglichen Leben um ihn herum *stammten* . Die kniende Madre Pia malte er dreimal: Zwei der Bilder befinden sich in der Akademie von Florenz, das dritte und beste in der Berliner Galerie.

Filippo Lippi. – Madonna in der Anbetung.

In der Madonna der Uffizien löste er sich etwas von der Tradition und schuf eine ganz neue Version des Themas. Die Jungfrau sitzt mit gefalteten Händen und betet ihr Kind an, das von zwei jungen Engeln vor ihr gehalten wird. Seine Kindheit ist keineswegs schön, wenn auch völlig natürlich. Man kann die Jungfrau weder als intellektuell noch als spirituell bezeichnen, aber „wo", wie ein bekannter Kritiker fragte, „können wir ein gewinnenderes und ansprechenderes Gesicht finden?" Sicherlich ist sie eine schöne Frau, und

„Wenn du einfache Schönheit und nichts anderes bekommst,
dann ist das schon etwas: und du wirst die Seele, die du vermisst hast,
in dir selbst finden, wenn du ihm Dank zurückgibst.“

Die in der florentinischen Kunst vergleichsweise seltene Idee der sitzenden Madre Pia ist in Norditalien recht häufig. Manchmal ist die Kulisse eine Landschaft, in deren Vordergrund die Madonna sitzt und das auf ihrem Schoß liegende Kind anbetet. Beispiele finden sich bei Basaiti (Paduan) in der Nationalgalerie und bei einem Maler aus Tizians Schule in Berlin. Viel häufiger ist die thronende Madonna in der Anbetung, und dafür können wir uns den Bildern der Vivarini , Bartolommeo und Luigi oder Alvise zuwenden . Diese Männer waren muranesischer Herkunft und standen zu Beginn der venezianischen Kunstgeschichte an der Spitze ihres Berufs, bis sie schließlich von der rivalisierenden Familie der Bellini in den Schatten gestellt wurden. Unter ihren Werken finden wir jeweils mindestens drei Bilder der beschriebenen Art. Als die würdigste Beschreibung können wir das Altarbild von Luigi in der Kirche des Redentore wählen . Da es sich um eine der beliebtesten Madonnen Venedigs handelt, ist sie in keiner Sammlung vollständig. Ein grüner Vorhang bildet den Hintergrund, vor dem der schlichte Thronstuhl aus Marmor hervorsticht. Die Jungfrau sitzt in ihren eigenen Gedanken versunken , eine Verkörperung ruhiger Würde.

Luigi Vivarini . – Madonna mit Kind.

Eine schwere Wimper fällt tief über ihre Stirn, verbirgt ihr Haar vollständig und betont mit ihrer strengen Einfachheit die keusche Schönheit ihres Gesichts. Zwei bezaubernde kleine Engelchen sitzen auf einer Brüstung davor und spielen auf Lauten; und eingelullt von ihrer sanften Musik schläft das süße Baby ruhig weiter, ohne sich dessen bewusst zu sein.

Angesichts solcher Bilder, die im trüben Licht stiller Kapellen glänzen, mag so manches ungläubige Herz eine neue Ehrfurcht vor der geheimnisvollen Heiligkeit der Mutterschaft lernen.

KAPITEL VIII.

DIE MADONNA ALS ZEUGE.

Im Verhältnis zu den Idealen und Ambitionen einer Mutter für ihr Kind nimmt ihre Liebe einen höheren und reineren Aspekt an. Die edelste Mutter ist die selbstloseste; Sie betrachtet ihr Kind als eine heilige Aufgabe, die ihr nur vorübergehend anvertraut ist. Ihr Anliegen ist es, ihn für seine Rolle im Leben zu fördern und auszubilden; Dies ist das Ziel ihrer ständigen Bemühungen. So kommt es, dass sie ihn als ihr Eigentum ansieht und doch nicht als ihrs. In gewisser Hinsicht ist er ihr ganz eigener; in einem anderen Fall gehört er zum universellen Leben, dem er dienen soll. Es gibt keinen Konflikt zwischen den beiden Ideen; Sie sind die Kehrseiten einer großen Wahrheit. Für ein vollständiges Verständnis des Lebens müssen beide anerkannt werden. Was für jede Mutterschaft gilt, findet ihre beste Veranschaulichung im Charakter der Jungfrau Maria. Sie verstand von Anfang an, dass ihr Sohn eine große Mission zu erfüllen hatte, dass seine Arbeit etwas mit einem mächtigen Königreich zu tun hatte. Niemals verlor sie diese Dinge aus den Augen, während sie „in ihrem Herzen darüber nachdachte". Ihre größte Freude war es, ihn der Welt zur Erfüllung seiner Berufung zu präsentieren.

Als Gegenstand der Kunst erfordert diese Phase des Charakters der Madonna eine ganz andere Behandlungsweise als die Mater Amabilis oder die Madre Pia. Die Haltung und der Ausdruck der Jungfrau entsprechen ihrem Amt als Christusträgerin. Sowohl Mutter als auch Kind, nicht mehr ineinander versunken, richten ihren Blick auf die Menschen, denen es als Zeuge gegeben wird. (Jesaja 55:4.) Dies können die Zuschauer sein, die das Bild betrachten, oder die Heiligen und Gläubigen, die die Komposition füllen. Der Schoß der Mutter ist der Thron für das Kind, von dem aus es stehend oder sitzend seinen königlichen Segen erteilt.

Es ist leicht verständlich, dass ein so erhabenes Thema in der Kunst nicht üblich sein kann. In unserer Zeit ist es mit der Madre Pia fast völlig aus dem Bereich der Kunstthemen verschwunden; Moderne Maler versuchen solche Höhen nicht. Franz Defregger ist der Einzige, der sich ehrlich und ernsthaft, nicht ohne Erfolg, bemüht hat, seine Auffassung des Themas zum Ausdruck zu bringen. Lassen Sie uns seiner Thronenden Madonna in Dölsach und seiner weniger bekannten Madonna in Glorie dieses vorübergehende Ehrenwort erweisen.

Um uns unserem Thema möglichst systematisch zu nähern, gehen wir zu den Anfängen der Madonnenkunst zurück. Frau Jameson erzählt uns, dass die Gruppe der Jungfrau und des Sohnes in ihrer ersten Absicht ein *theologisches Symbol* und keine *Repräsentation war* . Es handelte sich um ein Gerät, das in den orthodoxen Kirchen als eindeutige Formalisierung eines Glaubensbekenntnisses eingeführt wurde. Die ersten Madonnen zeigten weder in ihrer Haltung noch in ihrer Gestik noch im Ausdruck die Aspekte einer gewöhnlichen Mutterschaft. Das theologische Element im Bild war die erste Überlegung. Als repräsentatives Beispiel können wir die Jungfrau Nikepeja (des Sieges) nehmen , bei der es sich vermutlich um dieselbe handelt, die Eudocia , die Frau des Kaisers Theodosius II., auf ihren Reisen in Palästina entdeckte und nach Konstantinopel schickte, von wo sie schließlich gebracht wurde nach Markusplatz, Venedig. Die Jungfrau – eine Halbfigur – hält das Kind wie eine Puppe vor sich, als zeige sie es den Blicken der Gläubigen vor dem Altar, über dem das Bild hing. Beide Gesichter blicken mit ernster und steifer Feierlichkeit direkt auf den Betrachter.

Der Fortschritt der Malerei und die wachsende Liebe zur Schönheit führten schließlich zu einer Veränderung. Es kam die Zeit, in der die Kunst die Möglichkeit sah, mit der religiösen Vorstellung früherer Jahrhunderte ein natürlicheres Ideal der Mutterschaft zu vereinen. Auch wenn die Madonna weiterhin in erster Linie Zeuge der Größe ihres Sohnes ist, geschieht dies nicht auf Kosten mütterlicher Zärtlichkeit.

In der venezianischen Kunstgeschichte steht Giovanni Bellini in der Zeit, in der das Alte gerade mit dem Neuen verschmolz. Wir haben bereits gesehen, wie sehr er und seine Zeitgenossen sich von den Malern späterer Zeit unterschieden. Sie nutzten alle fortschrittlichen Methoden der Zeit, gaben aber den religiösen Geist ihrer Vorgänger nicht auf, weshalb ihre Werke die besten Elemente des Alten und des Neuen verkörpern. Wenn wir die Madonnen von Bellini eine nach der anderen betrachten, fällt uns auf, wie feinfühlig sie die Beziehung der Mutter zu ihrem Kind interpretieren.

Obwohl sie liebevoll und anmutig ist, ist sie nicht die Mater Amabilis: Sie ist zu beschäftigt, aber nicht zu kalt für Liebkosungen. Sie ist auch nicht die Madre Pia, obwohl es ihr keineswegs an Demut mangelt. Ihre Gedanken richten sich eher an die Zukunft als an die Gegenwart. Getreu dem Instinkt einer Mutter umschließt sie ihr Kind mit einem schützenden Arm, doch ihr Gesicht ist nicht seinem, sondern der Welt zugewandt. Beide freuen sich unentwegt auf die großartige Arbeit, die vor ihnen liegt. Ihre Augen haben den weitsichtigen Blick von Menschen, die in edle Träume versunken sind. Ihre Gesichter sind voller süßer Ernsthaftigkeit, nicht asketisch, sondern voller Freude, mit einer ruhigen, stillen Fröhlichkeit.

Diese Beschreibung trifft fast genauso gut auf ein halbes Dutzend oder mehr von Bellinis Madonnen in verschiedenen Kompositionsstilen zu. Der Bestimmtheit halber können wir die Madonna zwischen St. Paul und St. Georg in der Akademie von Venedig nennen. Die Jungfrau ist halbfigurig, vor einem scharlachroten Vorhang, und stützt das Kind, das auf der Brüstung eines Balkons steht. Allein in technischer Hinsicht zeichnet sich das Bild durch Präzision in der Zeichnung, Breite von Licht und Schatten sowie brillante Farben aus. Im christlichen Sinne zählt es zu den seltenen Schätzen der italienischen Kunst. Die National Gallery und die Brera enthalten weitere, die in Stil und Konzeption sehr ähnlich sind.

Die drei bereits erwähnten thronenden Madonnen sind in ihrer religiösen Bedeutung nicht weniger bemerkenswert. Das Bild von San Giobbe hat eine besondere Frische und Lebendigkeit . Sowohl Jungfrau als auch Kind sind wachsam und eifrig und begrüßen die Zukunft mit lächelndem und jugendlichem Enthusiasmus.

Giovanni Bellini. – Madonna zwischen St. Georg und St. Paul. (Detail.)

Die Frari- Madonna ist von gedämpfterem Typus, entspricht aber nicht weniger ihrem Ideal. Die Jungfrau von San Zaccaria ist nachdenklicher und nachdenklicher, aber sie hält ihr Kind tapfer hoch, damit es der Menschheit seinen Segen geben kann.

Es wird aufgefallen sein, dass der Thron ein besonders geeigneter Ort für die Madonna als Zeugin ist. Es gehört zu den Aufgaben des Königtums, dass die Königin den Prinzen seinem Volk zeigen sollte. Als Beispiele greifen wir daher natürlich auf diese Bildklasse zurück. Zu denen von Bellini, die gerade zitiert wurden, können wir von den anderen im zweiten Kapitel erwähnten hinzufügen: die Madonnen von Cima , von Palma und von Montagna in der venezianischen Kunst; und von Luini und Botticelli in der lombardischen bzw. florentinischen Schule. Luinis Bild berührt das Herz. Die Jungfrau vereint die Sanftheit frischer, junger Mutterschaft mit weiblicher Charakterwürde. Ihr Lächeln hat nichts Geheimnisvolles; es ist einfach süß und gewinnend. Das Christkind ist ein liebenswerter Junge, der sich an die Brust seiner Mutter schmiegt und doch eine Ausstrahlung von Selbstvertrauen ausstrahlt. Die beiden verstehen sich gut.

Luini . – Madonna mit der heiligen Barbara und dem heiligen Antonius .

Man kann sich kaum zwei ungleichere Geister vorstellen als Luini und Botticelli. Für Luinis Jungfrau ist das Bewusstsein der Größe ihres Sohnes eine stolze Ehre, die ernst, aber gerne angenommen wird. Für Botticelli hingegen löst es eine tiefe Melancholie aus. Dies ist so ausgeprägt, dass fast jeder auf den ersten Blick von Botticelli abgestoßen wird und sich erst nach langer Vertrautheit der geheimnisvollen Faszination der traurigäugigen Madonna hingibt, die ihr Kind fast lustlos hält, während ihr Kopf unter der

Last ihres Kummers sinkt . Ihr Gesichtsausdruck ist derselbe, unabhängig von ihrer Haltung, wenn sie ihr Kind als Mater Amabilis an ihre Brust drückt (in der Borghese-Galerie in Rom, in der Dresdner Galerie und im Louvre) oder wenn sie als Zeugin des Schicksals ihres Sohnes stellt ihn vor die Augen der Menschen. In dieser letzten Eigenschaft ist ihre Stimmung am verständlichsten. Sie scheint von ihren Ehren eher unterdrückt als gedemütigt zu sein; eher widerstrebend als froh, sie anzunehmen; doch mit stolzer Würde war sie entschlossen, ihren Teil beizutragen, auch wenn ihr dabei das Herz brach. Ihre Natur ist zu tief, um die Freude anzunehmen, ohne die Kosten zu berücksichtigen, und ihre Vision blickt über Bethlehem hinaus bis nach Golgatha. Dies wird im Bild der Berliner Galerie gut veranschaulicht. [6] Die Königinmutter erhebt sich mit dem Prinzen, um die Huldigung der Menschheit entgegenzunehmen. Der über seine Jahre alte Knabe erhebt ernst seine rechte Hand, um sein Volk zu segnen, die andere klammert sich noch immer mit kindlicher Anmut an das Kleid seiner Mutter. Hübsche, mit Rosen gekrönte Engel halten auf beiden Seiten Hof und tragen brennende Kerzen in Rosenkrügen.

[6] In der Berliner Galerie befinden sich zwei Thronende Madonnen, die Botticelli zugeschrieben werden. Die Beschreibung hier und auf Seite 40 macht deutlich, dass es sich um das Bild mit der Nummer 102 handelt. Dieses erscheint nicht in Berensons Liste von Botticellis Werken, wird aber von Crowe und Cavalcaselle als authentisch behandelt .

Die Madonna mit dem Granatapfel ist ein weiteres Werk Botticellis, das in diese Bilderklasse gehört. Es handelt sich um ein *Tondo* in den Uffizien, das die Figuren in halber Länge zeigt. Die von Engeln umringte Jungfrau hält das Kind halb liegend auf ihrem Schoß. Ihr Gesicht ist unsagbar traurig, und das Kind teilt ihre Stimmung, als es seine kleine Hand hebt, um den Zuschauer zu segnen. Zwei Engel tragen Blumen, Rosen und Lilien der Jungfrau; zwei andere halten Bücher. Sie neigen sich der Königin zu, wie sich die Blütenblätter einer Rose zur Mitte neigen , mit der ernsten Anmut, die Botticelli eigen ist.

Botticelli. – Madonna mit dem Granatapfel.

Im Zusammenhang mit der besonderen Art von Melancholie, die das Gesicht von Botticellis Madonna zum Ausdruck bringt, wird es von Interesse sein, sich auf das Werk von Francia zu beziehen. Die beiden Künstler waren in manchen Punkten verwandte Geister; beide spürten die Last der Geheimnisse und des Kummers des Lebens. Francia hat, wie wir gesehen haben, von den Werken Peruginos etwas von dem Geist der Mystik in sich aufgenommen, der der umbrischen Schule gemeinsam ist. Obwohl es eine gewisse Ähnlichkeit zwischen seiner Madonna und der von Perugino gibt, ist erstere weniger sentimental als letztere und eher von echter Melancholie geprägt. Wie Botticellis Jungfrau spielt sie ihre Rolle halbherzig, als hätte das Schwert bereits begonnen, ihr Herz zu durchdringen. Francias Lieblingsmadonna-Themen waren von höherer Ordnung, die Madre Pia und die Madonna als Zeugin. Im Umgang mit Letzterem steht sein Christkind immer im Einklang mit der Mutter, einem ernsten kleinen Kerl, der den Segen mit fast rührender Würde erteilt. Thronende Madonnen , die das Thema veranschaulichen, sind die der Eremitage in St. Petersburg, des Belvedere in Wien und der berühmten Bentivoglio- Madonna in S. Jacopo Maggiore in Bologna. Letzteres ist eines der Werke, die es uns ermöglichen, Raffaels großes Lob für den Bologneser Meister zu verstehen. Es ist eine edle Komposition voller starker religiöser Gefühle.

Murillo. – Madonna mit Kind.

Es ist ein langer Sprung vom 15. zum 17. Jahrhundert, der uns von einer Periode echten religiösen Eifers in der Kunst in ein Zeitalter der künstlichen Nachahmung führt. Inmitten des Niedergangs alter Ideale und der Geburt völlig neuer Kunstmethoden erschien jemand, der die Reinkarnation des alten Geistes in einer für sein Alter und seine Rasse spezifischen Form zu sein schien. Dies war Murillo, der spanische Bauernmaler, der nie ein frommerer Künstler gewesen wäre, nicht einmal den Engelsbruder von San Marco ausgenommen. Er allein hielt im 17. Jahrhundert die reine Flamme des religiösen Eifers am Leben, die in den frommen Italienern der frühen Schule gebrannt hatte. In all seinen Bildern der Jungfrau und des Kindes können wir sehen, dass die Madonna als Christusträgerin das Ideal ist, das er immer im Blick hat. Er scheitert daran, nicht weil es ihm an Ernsthaftigkeit mangelt, sondern weil seine Art von Weiblichkeit nicht in der Lage ist, solch einen erhabenen Idealismus auszudrücken. Seine Jungfrauen sind den einfachen andalusischen Mädchen nachempfunden, süßen, schüchternen, dunkeläugigen Geschöpfen. Ihre Gesichter leuchten vor sanfter Zuneigung, wenn sie wehmütig aus dem Bild blicken oder ihre Augen zum Himmel heben, als würden sie vage die Höhen erkennen, die sie nie erreicht haben.

Die Pitti- Madonna ist eine dieser süßen Gesellschaften und vielleicht die schönste von allen. Sowohl sie als auch ihr schöner Junge sind voller sanfter Ernsthaftigkeit, und wenn sie zu einfältig sind, um zu erkennen, was auf sie zukommt, sind sie dennoch bereit, den Willen des Vaters zu tun .

Es bleibt uns noch ein weiteres Bild zur Veranschaulichung der Madonna als Zeugin übrig. Hätten wir es zuerst erwähnt, hätte man zu diesem Thema nichts weiter sagen können. Die Sixtinische Madonna ist in jeder Hinsicht die großartigste, die jemals geschaffen wurde. Wir haben bereits die Überlegenheit seiner künstlerischen Komposition gegenüber allen anderen enskidierten Madonnen festgestellt und sind umso bereiter, seine höheren Verdienste zu würdigen; denn der stärkste Einfluss auf unsere Bewunderung liegt in seiner moralischen und religiösen Bedeutung. Ihr Thema ist die Verklärung liebevoller und hingebungsvoller Mutterschaft. Mutter und Kind, in Liebe vereint, schreiten der glorreichen Vollendung des himmlischen Königreichs entgegen.

Raffael. – Sixtinische Madonna.

Es wurde gesagt, dass Raffael keine vorbereitenden Studien für diese Madonna anfertigte, sondern im weiteren Sinne sein Leben damit verbrachte, sie vorzubereiten. Er hatte damit begonnen, die mystische Süße von Peruginos Typen nachzuahmen, war von einer intuitiven Feinheit der Wahrnehmung zu diesem spirituellen Idealismus hingezogen, war aber dennoch zu unerfahren, um irgendeine Originalität zum Ausdruck zu bringen. Dann, durch eine unvermeidliche Reaktion, stürzte er sich in die Schaffung einer rein naturalistischen Madonna und brachte die Mater Amabilis zu ihrer höchsten Vollkommenheit. Nachdem er alle Geheimnisse der weiblichen Schönheit gemeistert hatte, kehrte er erneut in die höhere Sphäre des Idealismus zurück, um seine ausgereifte Vorstellung von der Madonna als Christusträgerin zu verbreiten.

Die Sixtinische Madonna ist vor allem Lobpreis; Alle Extravaganz des Ausdrucks verstummt vor ihrer Einfachheit . Ihr liegt die Schönheit einer symmetrisch entwickelten Weiblichkeit zugrunde; Die perfekte Haltung ihrer Figur ist nicht ausgeprägter als die perfekte Haltung ihres Charakters. Keine falsche Note, keine übertriebene Betonung beeinträchtigt die Harmonie von Körper, Seele und Geist. Selbstbewusst, aber völlig bescheiden; ernst, aber ohne Traurigkeit; freudig, aber nicht zur Heiterkeit; eifrig, aber ohne Eile; Sie bewegt sich stetig vorwärts, mit Schritten, die auf die rhythmische Musik der Sphären abgestimmt sind. Das Kind ist keine Last, sondern ein Teil seines Wesens. Die beiden sind eins in Liebe, Gedanken und Zielen. Die Mutter teilt das Geheimnis seiner heiligen Berufung und bringt ihren Sohn zur Welt, damit er seiner glorreichen Bestimmung entgegentreten kann.

Die Kunst kann Maria, der Mutter Jesu, keinen höheren Tribut zollen, als sie in dieser Phase ihrer Mutterschaft zu zeigen. Wir haben Mitgefühl mit ihrer mütterlichen Zärtlichkeit, die ihr Kind mit liebevollen Zärtlichkeiten überschüttet. Wir gehen noch tiefer in ihre Erfahrung ein, wenn wir sehen, wie sie sich in süßer Demut vor den Sorgen und Pflichten beugt , die sie zu übernehmen hat. Aber wir werden zu den am meisten geschätzten Sehnsüchten ihrer Seele zugelassen, wenn wir sehen, wie sie selbstvergessen ihr Kind in den Dienst der Menschheit trägt. Auf diese Weise wird sie zu einer seiner „Zeugen vor dem Volk"; so heißt es: „Alle Generationen werden sie selig nennen."

LITERATURVERZEICHNIS.

FRAU ANNA JAMESON : Die Legenden der Madonna. Boston, 1896.

CROWE UND CAVALCASELLE : Geschichte der Malerei in Italien. London, 1864. Geschichte der Malerei in Norditalien. London, 1871. Tizian: Sein Leben und seine Zeiten. London, 1877.

KUGLER : Handbuch der italienischen Schulen, überarbeitet von AH Layard. London, 1887. Handbuch der deutschen, flämischen und niederländischen Schulen, überarbeitet von JA Crowe. London, 1889.

MORELLI : Kritische Studien der italienischen Maler. Übersetzt von Constance Jocelyn Ffoulkes . London, 1892.

JA SYMONDS : Renaissance in Italien: Die schönen Künste. New York, 1888.

WALTER H. PATER : Studien zur Geschichte der Renaissance. London, 1873.

BERNHARD BERENSON : Die venezianischen Maler der Renaissance. New York, 1894. Die Florentiner Maler der Renaissance. New York, 1896.

KARL KÁROLY : Ein Führer zu den Gemälden von Florenz. London und New York, 1893. Ein Leitfaden zu den Gemälden von Venedig. London und New York, 1895.

CC PERKINS : Toskanische Bildhauer. London, 1864.

CAVALUCCI UND MOLINIER : Les Della Robbia : Ihr Leben und ihre Freundin Werk . Paris, 1884.

EUGEN MÜNTZ : Raffael. Übersetzt von Walter Armstrong. London, 1882.

www.ingramcontent.com/pod-product-compliance
Lightning Source LLC
LaVergne TN
LVHW041737190726
843493LV00008B/2399